天の川

AMANOGAWA

阿波 新九郎
AWA Shinkuro

文芸社

（1）

老人は病院のベッドから、窓の外を見つめていた。

夏の夜空に、まばらに星が輝いているのが見えていた。老人はすこし体を起こし、さらに外に目をやった。

「天の川かなー」

と呟いた。

付き添いのヘルパーが驚いたように窓の方を見たが、もちろん天の川が見えるはずもない。

都会の空の明るさは天の川の存在を忘れさせて、早数十年にもなる。昭和の時代まで遡る。

老人には二親の記憶はない。しかし数人の子供たちと一緒に家に帰る時「あれが天の川よ！」と教えてくれた女性を憶えている。

密かにその女性を母親ではないかと思っていた。

老人にはロボットヘルパーではなく、パーソナルヘルパーがついていた。

老人は左手を伸ばし、窓の方により近寄ろうとした。

それをヘルパーの太い手が、

「ほらほら、寝てなきゃだめでしょう」

と押さえた。老人は横になり、静かに枕に頭を落とし、「フーッ」と長い溜息を吐いて目を閉じた。全身の痛みが気を弱くさせていた。

老人は天の川が好きであった。そもそも川の流れを見つめているのが好きであった。川の流れは常に変わらず大小の波をつくり、上流から下流へ流れて行く。しかし、よく見ると変わらないと思っていた川の流れはちょっとしたことで様々に変化していた。石ころ一つが川に落ちても、流れが変化することもある。

老人は枕に乗せた頭が、急速に眠気を誘われているのが解った。老人は夢の中で夏の天の川を描いていた。

頭上高くに白い煙のような帯が、真上の空から、南の空へ落ちて行く。煙の中には星々が宝石のように光り輝いている。

白い煙の帯は太くなっているところや、明るく輝いて光が広がっているところがある。帯の中には黒く光のない、深い暗闇の筋《すじ》が、白い帯の中を走っている。地上の川の流れさえもじっと見つめていると、川の流れの中で様々な物語となって浮かんでは消え、消えては再び浮かぶということが行なわれる。

天の川ではもっとすごくすさまじい物語が展開されているのではと思っていた。それだけに天の川には底知れぬ美しさを感じていた。

この老人はすでに100歳を超えて久しいとも言われているが、実際の歳は解らない。名は曽我新太郎と言う。昔から彼は何人かの国会議員の秘書を務めていた。ほとんど実力者の議員の秘書であった。逆にこの秘書がいることで議員が実力者としてやって行けるようになった、とも言われている。だがこの病院では老人のことを知るのは院長の他数人だった。

老人は長い間政権政党の大物政治家の秘書として働いて来た。皆総理経験者となっていた。

彼が最後に仕えた総理は若い菅原翔太という40代後半の男であった。この総理の時に日本国は大きく変わろうとしていた。

それは世界情勢の変化に応じ、この狭い島国に朝鮮半島から、あるいは、中国大陸から、またフィリピン諸島からと、さらには東南アジアの国々から船で難民のような形で多くの人々が入ってきた。

日本国はそれらの人々を受け入れた。それまでに先進国であった国々が、皆人口を減らしてきたが、日本は特に減らしていた。日本の人口は7000万人を切っていた。それまでも外国人が流入して来たが、逆に外国に出て行く人もいて人口増加に転じることはなかった。それは世界が活発な貿易をやらず、自国の資源を抱え込んでしまい、排他的な流れが世界を支配していたからだ。日本の平成の時代に米国のトランプ大統領がアメリカファーストという言葉のもとに、自国ファーストの流れができていた。大統領がバイデンに変わっても、その流れは大きくは変わらなかった。

日本国は世界の排他的な流れが強まる前に食料の自給ができる体制を作りあげていた。

それは山を改造して半水耕型農場を作り出し、その山には木の実（例えばクルミや松の実、栗などを国家プロジェクトとして植林)、さらにはこの方式で、ソバ、麦や陸穂《おかぼ》、米はもちろん、餅米も多く作った。総人口のうち、かなりの人間が農業従事者となっていた。野菜や果物の栽培は水耕栽培方式がとられ、収穫を確実なものにしていた。バナナの本格的な温室水耕栽培も行なわれた。山は工場となっていた。

これらの方針の立案者は曽我老人によるものが多かった。もちろん法案の書き手は官僚であるが、アイデアの発案はほとんどが曽我老人ではないかと言われていた。

その頃の日本国は、食糧事情が大変悪く、飢え死にする人まで出ていた。

自国の工業製品、例えばロボットや空飛ぶ自動車の販売の為、食料を他国から買い、工業製品を売るという昔からの方式を取っていた。

菅原内閣の3代前頃の政権が食料自給率をアップさせると宣言し、既に国際的には一流の先進国としては扱われない状態だったが、食料自給率を上げる政策を進めていく結果、国全体の生産規模は縮小し、発展途上国と言われる国々の仲間入りをし、さらには貧困国になるのではと、他国から心配されていた。

それまでの高い技術力を生かし、水耕栽培方式から、半水耕栽培方式などを組み合わせ、さらには山林の開発にも通じ、農業生産量を飛躍的に高めていった。同時に日本は広大な海に囲まれている国でもある。魚介類の養殖技術を高め、マグロやブリをはじめ、ウナギやナマズなど栄養価の高い物から、高級魚のタイ、ヒラメ、カキをはじめアワビやホタテ貝などの高級な貝類の養殖を国家プロジェクトとして進めていった。

そのようなこともあり、日本は食料輸出国としての地位を確立しつつあった。

その頃の日本の官僚機構は若い40代の男女が各省庁の頂点にいて、後はアルバイトの女子事務員と、ボランティアのような元役人と無給に近い学生や若者たちで運営している組織になっていた。

それは平成の時代に始まったのだが、日本人の人口減少に伴って、外国人労働者の入国を勧め、労働力としていた。

当然のごとく外国人労働者は安い賃金でも働いてくれる者が多い。

その為に日本の労働者と外国労働者の間で軋轢《あつれき》が生まれていた。先進国のヨーロッパも移民問題として、自国の労働者との間で軋轢が生じていた。それがいよいよ日本でも起こっていた。

ただ日本の場合、ヨーロッパの国々とはすこし様相が違っていた。

外国人労働者と相反していた日本人労働者が、自分たちの不満を共同で官庁にぶつけたのである。

ところが当時の官僚たちは、自分たちの地位を守ることに力を入れるのみで、国の為という姿勢の官僚は少なかった。その為、警察の力で何度も追い払われた労働者によって官庁の襲撃が行なわれた。

その時、高級官僚とその味方をしたと思われる者が虐殺されてしまった。

この事件は政治的な解決も必要とする政治家がいる中で、官僚はじめ、警察幹部たちは徹底的に弾圧し、その根を絶つという方針を打ち出していった。

しかし、なかなか労働者側の実行犯が割り出せず強引な手法で外国人労働者を含めた労働者を大量に逮捕するなどの暴挙が行なわれ、労働者側に多数の怪我人が出ていた。

そのような中で、今度は警察幹部が次々と暗殺のような形で殺されていった。

数名の警察幹部が高速自動車道の壁に吊るされるなど、見せしめの為の暴力行為が頻発していた。

新聞報道では、警察幹部へのテロ行為のやり方が麻薬組織のやり方に似ているなどと推察する記事が紙面を飾っていた。

ここで言えるのは、外国人労働者を含めた国民の大多数の人々が、官僚組織の肥大化とその腐敗ぶりに、怒りが頂点に達していたということである。

警察幹部は必死に犯人捜しを行なったが、そのやり方の強引さから現場の警察官の強い反発があったりで、犯人を特定することもできず、捕えることもできない状態であった。

逆に労働者側の結束が広がりを見せながら強くなっていた。

警察の暴力的な弾圧が強くなり、どのくらいの犠牲者が出たかも解らない状態だった。

そういう中で悪の元凶と言われていた高級官僚のＯＢグループのうち、８人もの老人が虐殺された。

これらの一連の事件の中で高級官僚と言われているほとんどが辞任したり、役職を退いたりして、結局官僚組織が極端に小さくなってしまったのだ。曽我老人は現在のこの形が国民に答えるものと総理に進言した。

このことを国民は大歓迎していた。何故なら平成の時代に入った頃から公務員ばかりが社会から厚遇されており、逆にその仕事ぶりのずさんさが目に付きすぎていたからだ。特に年金が消えてしまった事件をはじめ、検察官や警察官の不祥事が相次いでいた。そして児童相談所の不手際で、親の虐待による子供の死を何例も見せられた。上から下までの行政の怠慢による国家の衰弱を多くの国民が感じていた。その象徴的存在が高級官僚であった。犯人グループも声明の中で、国会で決まったことが行政の段階で変質して、国民の為にならない事態になっているので我々は立ち上がったと、強調していた。

かつての日本社会の中では起こり得ないような出来事であった。外国人労働者の比率が高まり、これまでの日本人の活動とは違うやり方を提出する人も多くなり、世界的に蔓延していたテロ行為も日本の風習から発展したものとして広がっていた。要するに、『天誅』と言う言葉のもとに行なわれる殺戮を正当化する風潮である。そして、それはだんだん激しくなっていった。

政府の方も最初はテロ撲滅をスローガンにテロ集団のアジトを急襲し、戦闘になったので、多くの人が犠牲になった。しかし効果が上がらず、国民の批判を浴びることになり、内閣はもたなくなり、解散が行なわれる、の繰り返しであった。

国としては、都会の中でも農場作りを行ない、水耕栽培や、工業的農業の推進を行なっていた。食糧輸出国になっており、農業が外貨の一番の稼ぎ頭となっていた。

それは現代も世界で一番水に恵まれた日本であったからだ。逆に見ると、世界の国々が砂漠化、乾燥化が進み食料事情が悪くなったことにもよっている。

日本は工業先進国と言われた時代からはすでに遠ざかり、農業先進国と言われるようになっていた。

ただ工業先進国時代の名残のように、ロボット開発と、宇宙開発の事業は少ない予算の中で続けられた。それは世界情勢が、いつでも核が使われる事態になっているからである。

それは地球上での暮らしをあきらめて、宇宙へ飛び立たねばならない時が来ると考えていた。

このことは世界中の国が考えていることであったが、現実にはそうはいかない、飛び立てない国々があった。

曽我老人は昭和、平成、令和と現代迄、日本社会で大きな政策に関わりながら、国の運命が正しい方向に進むよう必死になって頑張ってきた一人であった。

人はたとえ貧しくとも、周りのものたちと仲良く暮らすことのできる社会を望んでいる、と確信していた。周りのものとは人だけではなく動植物を含めたすべてのものなのである。

彼の考えの中には、自分たちの祖先であろうと思われる、殷の人々の考え方があった。

彼の祖先は出雲の住人であるが、その頃に代々に伝わる教えとしての巻物二巻があった。

一巻は曽我家の出自と言っていいもので、祖先が中国大陸にあって殷王朝に属するという驚きのものである。このことは一族の長のみが受け継いでいた。もう一巻は民族的に夷《い》という集団に属するもので、その夷《い》とは、殷を亡ぼした周という国によって付けられたもので、夷とはえびすとか言われる事が多いが、殷王朝の人々は実際には尸《い》と書き、「自分は人です」と宣言している形である。

自分は人です、と言うのは誰に向かって言っているのかという問題があるが、決して同じ人間に言っているだけではない。人間以外のすべてのものに宣言していると見るのである。

𡰯の字は仁の元字である。人間関係で言えば、一つの体の中に二つの心があるというもので、自分と相手を同じように考えるのが𡰯《い》（夷《い》）人と言われる人たちの特徴であった。

𡰯《い》人は初めから、他の世界の先住民の人々と同じように、他の人々と如何に仲良くするかを考えていた人々であった。

曽我老人は、自分がその子孫であることを強く意識して来た訳ではないが、人間同士はもちろん、すべての生き物は仲良くという心が常に働いているように感じていた。

曽我老人は自分が𡰯人であるとは、どういうことなのか、時間のある時に調べては答えを求めていた。ある時から己の出自に考えを揺り動かされることはなかった。

出雲の生まれということも、先祖の残した二巻の巻物も、それらがどういう代物であろうと、何故か自分がこの世でやらねばならないことが、だんだんと見えてくるようになった。そしてそれは確信となっていた。

（2）

日本の独自の宇宙ステーションが完成してから三十数年が経った。宇宙へ出発の第1基地また補給基地が木星の衛星であるエウロパに建設されていた。

それまでの宇宙旅行は地球から月までか火星までが限界であった。が、宇宙開発で遅れを取っていた日本はロボット技術に力を入れ、宇宙ステーションの建設も、宇宙出発基地建設にも作業ロボットのみで行なうシステムを作り上げていた。

そして、宇宙ガイドシステムの為の小型の無人星間ラム・ジェットを完成させ、宇宙へ飛び出せるルートを何度も探査して結論を出していた。ラム・ジェットは空気を狭い管の中に取り入れ圧縮し、燃料を燃やしガスを噴出する方式のジェットエンジンだが、星間ラム・ジェットは空気の代わりに星間ガスを吸い込むものである。この星間ガスはそれまで水素を対象に考えていたが、日本は暗黒物質の存在を考えていて、その存在をつきとめていた。ただ実際に人を乗せて行く宇宙船は多くの人間が乗り、宇宙空間へ飛ばすには、巨大なもので重量が大きくなるが、重量が大きくなると飛行時間は長く取れない。なるべく重量を少なくして飛び立たねばならない。その為には月のように重力の小さい軽い星から出発できて、同時に生命を保証する水が確保できる場所が必要だった。この条件を満たすのがエウロパだった。

人類はまだ太陽系の外に宇宙旅行をすることはできていなかった。

宇宙開発は地球の重力との闘いだった。重力を振り切って地球から脱出するには速さが必要である。ロケットはその速さを可能にするものであった。

地球の重力から脱出するには毎秒11・2キロメートルの速さが必要である。そしてその速さでは太陽系の外には脱出できない。太陽系を脱出するには毎秒16・65キロメートルの速さが必要となる。

地球の重力から脱出する速度を第2宇宙速度と言い、太陽系脱出の速度は、第3宇宙速度と言われている。

ちなみに第1宇宙速度は毎秒7・8キロメートルで人工衛星打ち上げのスピードである。


日本は宇宙船を造るにあたって、どういうロケットがいいか、長い時間をかけて研究と議論を進めてきた。その結果たどり着いたのが、遠回りのように見える暗黒物質と言われるものの解明を行ない、この物質の利用により推進力を作る宇宙船の開発であった。要するにラム・ジェット方式で、宇宙空間にある水素を利用して、これを核融合させる代わりに暗黒物質を利用しようとするものである。その研究を進めて行くなかで、暗黒物質がどのような存在かを今までの宇宙論とは違った視点で、研究を進めていった。平成27年に宇宙飛行士の油井亀美也さんが「ISS」(国際宇宙ステーション)で観測装置「CALET」を設置し、暗黒物質を探索する頃は全くの謎の存在であった。しかし日本はこの時を契機に暗黒物質の研究に力を入れてきた。

その頃暗黒物質の候補は超対称性粒子と呼ばれる素粒子群と考えられていた。それは当時知られていた7種の素粒子とその反粒子があるが、その粒子とそれぞれ対を成す未知の素粒子こそ、超対称性粒子と呼ばれるものである。

しかし、一方ロケット燃料についての研究では、それまでの核融合によるエネルギーの確保から、変化を迫られていた。それは対象が暗黒物質となると、核融合反応は起きない。核融合を考えるなら、その原料に水素が必要である。

一般には「重水素ヘリウム3反応」が最適と言われている。

しかし水素を宇宙空間で集めることが、実際にはなかなか大変であることが判明した。そしてそもそも核融合反応によって得るエネルギーは、その効率が0・4%にすぎないのである。

当時としては最も効率のいいエネルギーとしてあったが、やはり宇宙を自由に飛び回る為のエネルギーとしてはいまひとつであった。

そこで日本は競争には負けても、最終的に宇宙を自由に飛び回ることのできる宇宙船作りに取り組んできた。

その為に最も困難と言われていた道を選んだ。

それは光子推進システムを持つ宇宙船である。

光はこの宇宙の中で最も速いものである。光子を噴射して進む光子推進システムの宇宙船である。

光子推進システムを最初に提唱したのは、ドイツのオイゲン・ゼンガである。

それは1953年で「光子ロケットの理論」という論文の中でくわしく述べている。

日本はそれから50年ほど経った、2005年頃に、ある電気メーカーの会社を中心に、民間企業100社あまりが協力して、この研究を進めていた。

そして光子推進システムに欠かせないエネルギーを反物質に求める方向を打ち出していた。ただしこれは民間レベルで行なっていたプロジェクトであり、国家としてのものではなかった。

ところが世界の人口増加や、世界的に貧富の差が激しくなり、世界が騒然としてきた2040年代、世界の中で最も宇宙開発の進んでいるアメリカはじめ、ロシアや中国、EU《イーユー》などは核融合推進システムの宇宙船を持ち、月や火星、金星などへの宇宙旅行が盛んに行なわれ始めていた。特に火星は2015年9月28日（米時間）にアメリカNASAが「水があり、生命の存在の可能性がある」と発表して以来の人気ぶりであった。人々は宇宙旅行の時代到来!!　と興奮していた。しかしブームにもなっていた宇宙旅行の波に乗り遅れていたのが日本であった。宇宙旅行へ行く宇宙船の開発もできず、もがいていた。

しかし、その頃100歳を過ぎた曽我秘書は民自党と自主党の若手議員によって作られた政権の総理秘書をしていた。総理の命を受ける形で、反物質によるエネルギー創出システムの開発を、若い学者と技術者を結集させて、密かに進めていた。曽我秘書の口ぐせは、「太陽系を脱出できない宇宙旅行は、宇宙旅行とは言えない」というものであった。

若い学者たちも、その言葉に応えるように頑張っていた。だが貿易立国としてやって来た日本は、世界の国々が保護主義的な政策を取り出したことにより、国家の存立すら危うくなっていた。結果、宇宙開発どころではなくなった。その頃を契機に日本は貧しい国の仲間入りをすることになった。何しろ資源の少ない国が貿易で稼ぐといっても、資源の値の高さに追いつけず、技術開発をしても、実際には商品を作り出せなくなる時もあった。

多くの大企業は国家予算をいかに自分たちの業界の為のものにするか、法の規制やその解除に動いては何とか生き延びるという手法を続けていた。政治家も、そういう企業と癒着して私腹を肥やす者が多くいる。官僚は国家予算をいかに己らの関係する法人団体に引き入れ、それをいかに勝手に使えるようにするか、それも法律に守られて行なえるシステムを作っていた。それこそ平成の時代から続く政治、行政が変わらないままの日本には矛盾が渦巻いていた。

そのような社会状況、政治情勢の中で、曽我老人は大物秘書として生きてきた。ただ思想、信条の違う議員にも平気で仕え、顔色も変えないで職務をこなしていく人、という評価を受けていた。そんな時、曽我秘書は、「お国の為に働いている人なら、思想、信条は関係ない。自主党、民自党から公民党、共有党まで、どの党の方でも、お国の為に働く人にお仕えしたいと願っています」

と答えていた。

事実、公民党と共有党以外の政党の議員から誘いを受けていた。公民党は曽我秘書の発言に対し神経をとがらせていたからだ。それは「宗教団体をバックにした政党は良くない。本来政治家は個で働くべきで政党という数を頼みにして活動するのも良くない。ただ、今は民主主義の名のもとに数こそ一番の力のもとだからしょうがない。しかし個で活動するべきである」

共有党は曽我秘書に対し、常に批判的であり、そもそも思想・信条の違う、それも高額な秘書を雇う理由もなければ、金もないと言うものであった。

ただ曽我秘書の力は公民党も共有党も、もちろん他の党も一様に認めていた。

それは食料自給率を高め、農産物輸出国に押し上げた時の手腕を見ているからである。

その時は自主党の総理であったが、他の産業団体からの反対や、外国の主要取引国からの圧力もあって、党内も官庁も国会でも大騒動になったが、

「5年以内に、水と食料の危機が急速にやって来る。その為に今こそ断行すべきでしょう」

という曽我秘書の言葉が他を圧して、これを進めることができた。そして事実その通りに水と食料の世界規模の危機が突然やって来た。それは中国国内での農民の暴動が契機となっていた。農民に味方する軍隊も現われ、内戦に近い事態が暫く続き、生産力が極端に落ちた。それに加えて激しい気候変動が起こり、中国内陸部をはじめ各国の乾燥化が一気に進んだ結果である。

日本は貧しい国の仲間入りをしたとは言え、食料自給率を高め、他の産業もあまり派手ではないが、そこそこに成り立っていた。

ただ社会構造が、極端になっていた。収入の半分以上を税金として持っていかれるほどになっていた。しかも累進課税がなくなり、比例税となっていた。要するに所得の多い人も少ない人も同じ税率で課税されるものである。

そういう社会状況は国民の怒りが常にマックスに達している状態でもあった。

犯罪者グループは凶悪化の一途をたどり、銃で武装する集団が多くなっていた。その銃もピストルのようなものではなく、軽機関銃や連発式のライフルなどが多くなっていた。

中でも爆弾を持つ犯罪集団や過激な政治集団が目立っていた。

もちろん国会内で、また国会の外にも出て国民に新しい日本の在り方を訴える若者集団も現われた。

若者は決められたコースが勝ち組と負け組の2本しかない現状を長い間押しつけられてきた。その勝ち組の大半が、いわゆる2世、3世で、親や親戚が勝ち組なのだ。要するにわずかな日本国民が、大多数の国民を支配している構図を、多くの若者は見抜いていたのだ。彼らは、「飢えた子の前で御馳走を食べる者は人ではない」という心を社会に訴えていた。その代表格の人物が菅原翔太であった。

（3）

彼は少年時代に不良グループのリーダーに祭り上げられた。それは彼が真っ直ぐな性格であり、尚かつ腕力が強く、度胸の良さと勇敢さ、人への思いやりまで備えていたからである。

彼のグループは初め、あちこちの不良グループから襲われていた。それはメンバーの数が少なく、今までのリーダーはみな渋々なっており、グループそのものが闘う集団ではなかった。

しかし、菅原はそもそもが闘うことを好んでいた。それも正々堂々と体をぶつけ合うような闘いが好きだった。

彼が皆に押されてリーダーになった時、他のグループの連中から襲撃された。

リーダーが代わった時はよくあることだが、この時は襲ってきたグループの連中をことごとく逆に打ちのめしてしまった。彼はリーダーになったその日から、全員に他のグループの情報を探らせていた。そして他のグループが襲撃してくることに備えを作り、襲ってきたグループに壊滅的打撃を与えて、勝利を収めていった。

ある時、仲間の一人が喧嘩相手のグループに捕まった。その時菅原は自分がその捕まった者の身代わりとなり、相手グループの人間からリンチを受けた。そして彼らのグループの要求は、菅原以下すべて自分たちの配下として働けというものであった。しかし、その要求に対し、菅原は頑として首を縦に振らなかった。

そして相手グループのリーダーと幹部の一人が、リンチの様子を見にきた時、菅原はいきなり、ガバッと起き上がり、2人の急所の玉を握り潰そうとした。近くに待機していた仲間が乱入し相手グループの中枢を抑えてしまった。

その結果、菅原は助け出されることになった。

この事件以来、グループの仲間から菅原への信頼は絶対的なものとなり、菅原のグループに入りたいと言う者が急激に増えていった。

大所帯となった菅原のグループの中の一人の若者が、ある女性の奪い合いによって、Gグループという不良グループの数人によって襲撃されたとの報せが入った。

その彼女はGグループのメンバーの同級生であったが、Gグループに所属していた訳ではなかった。

ところがGグループの同級生のメンバーが、

「彼女を盗られた」

と言いふらしたのだ。その結果、他のメンバー5人とともに菅原のグループの若者を襲ったのである。

このことがあって、菅原のグループの若者が10人、徒党を組んでGグループの襲撃してきたメンバーを捜し出していた。そして正々堂々と復讐をしようと息巻いていた。

菅原グループはその掟《おきて》の中に「喧嘩は正々堂々とやること」という文言があり、卑怯なふるまいと狡さを最も恥とする気風があった。

10人の若者は相手の襲撃者の名前も住所もすべて調べ上げ、準備を整えた。

その上でリーダーの菅原に喧嘩を始める旨を報告した。

それに対し菅原は、

「喧嘩を止めるのではない。ただGグループの諏訪というリーダーは物の解った男だ。だからリーダーに俺から手紙を出す。その結果を待ってくれ」

と返した。そして菅原はその手紙を10人の若者にも見せた。その内容は次のような旨のものであった。

一、恋の問題を暴力で解決するのは格好良くねえ。
一、一人の女をめぐっての鞘当ては本人同士で解決するのが筋。決定権は女にある。
一、俺たち側の者は、彼女がいい返事をしてくれたと言っている。
一、そちらの男の言い分を聞きたい。

一、これらのことに聞く耳もたぬ、問答無用とするのか。話し合いにするか、戦争とするかを決めろ。どちらも受けて立つ。

一、戦争のやり方については、

（一）リーダー同士で決着つけるか……。

（二）全面戦争とするか、提案を待つ。選択は諏訪リーダーに任す。

この手紙に対して、諏訪から返事が届いた。それによると、

一、彼女を盗まれたという男に問いただしたところ、彼女になるという承諾は取っていないことが解った。同時に彼女は我々のグループに属していない。だから彼女を盗まれたということにならない。したがって我が方の者に非があることが解った。ただ、若い時はこのようなことはよくあること。だから我が方の者を差し出す形より、金銭的に解決できることを望んでいる。次のような腹であることを述べている。

一、非礼を詫び、見舞金という形で要求される金を支払う。

一、もし金の解決ではダメな時は、本人を差し出す。

一、それでもダメなら、後は不本意だが戦争もやむなし。

菅原は諏訪の提案を受け入れた。諏訪がきちんと真実を見つめているのが解ったからだ。ここでの話の中心である重要なところは「彼女」に対しその認識の形だった。要するにどちらが理不尽なことを言っているかを見ているのが、解ったからだ。

不良グループの多くは反社会的行動を行なうので、そもそもが理不尽な集団のように思われている。だから常に理屈などは〝クソクラエ〟の立場かというと、実はそうではない。

不良グループのリーダーや幹部には己の理屈がある。その考え方の根底には、社会にはごまかしが罷り通っている、というものがある。不良グループには子供の頃の純粋な心を保つことこそが一番の正義と考えている人間が多い。

諏訪のグループは全国的にも知れ渡っていた。非常に統制の利いたグループで、喧嘩になってもほとんど負けたことがなく、全国のトップ5の一角を成していた。

そのことがあるから、この諏訪のGグループとの事件は、菅原のグループを一躍有名にさせることになった。しかし、同時にGグループの姿勢に共感する者が増え諏訪グループ自身も株を上げていた。

この事件以来、諏訪は菅原という男に興味をもったのか、何度か酒を呑む機会を作り、交流を続けた。そういう中で諏訪は、

「菅原！　一度手合わせしてみないか！」

と呼びかけた。

「オーッ。俺も一度やってみたいと思っていた。男の勝負、やってみるか！」

と菅原が答え、２人は闘った。

諏訪は１８０㎝の身長に80㎏の筋肉質の体を載せていた。身が軽く俊敏な動きを身上としていた。

一方の菅原は１８８㎝の背丈に筋肉のかたまりで、体重１００㎏以上となる立派な体であり、１００ｍ走では11秒台を切るタイムを出したこともある程の脚力がある。

諏訪はボクシングの選手のように戦うスタイルであった。それに対し、菅原はプロレスラーのような闘い方をしていた。

２人は早朝、まだ薄暗い時に都内にある、ある高校の野球のグランドで待ち合わせ、そっと闘い出した。

初め、諏訪のパンチが菅原にヒットして菅原がよろめき、今にも崩れそうになったが、次のパンチを手で摑んでからは諏訪の体は投げ飛ばされっぱなしになった。

結局、菅原の勝利になったが、２人は互いの力を認め合い、それぞれの力を残したまま、闘いを止《や》めて別れた。

菅原と諏訪の決闘は秘密で行なわれたのだが、お互いのグループの数人が一緒になってこれをとらえ写真まで撮っていた。それにより、この事実が世間に出回り、2人は「男」としての名を高めていった。

（4）

そんな中で菅原が居酒屋で現役プロレスラーに絡まれる事件が起きた。相手のプロレスラーは2mの身長と140kgの体重をもつ大男であった。しかし菅原はこのレスラーを投げ飛ばしパンチを顎に決め、KOしてしまった。周りにいたプロレスラーの一人が菅原に飛びかかり首を絞めてきた。だが、菅原はその絞めている腕を難なくはずし、相手を投げ飛ばしてしまった。

他にもプロレスラーがいたが、その中の一人はテレビでも活躍する人物で、彼の一声でその場は収まった。そこには諏訪とその仲間数人が同席していたこともあった。

この事件はマスコミにも大きく報道され、知らぬ者はいないほどになった。

菅原は高校を卒業後、家業の鳶職《とびしょく》をやっていたが、いまひとつ仕事に熱が入らないでいた。結果としてそれまでの不良グループとの付き合いを重視して、いろいろな事に巻き込まれていた。

グループの仲間2人が、武道家の男たちに道場に閉じ込められたとの報が入って、菅原もそこに行く事になった。

武道家とは、空手が五段で合気道も五段を有している前島という男の運営する道場であった。前島は空手では世界大会で2位になるほどの実力の持ち主と言われていた。そしてある時から、合気道の師範から学ぶことになった。この師範は合気道の開祖・植芝盛平翁の最後の内弟子であり、盛平翁が合気道を完成する最後の段階で翁の練習相手にされたり、実験台になったり、もちろん身の回りの世話をしたり、全身を指圧したりと、死の直前まで付き添っていた人物であった。

菅原のグループの2人は、茨城県にある合気道の道場に見学させて欲しいと頼みこんで見学していた。ところが、その練習風景がなにかのんびりしており、笑顔で武道をやっているように見えていた。見学していた2人は何故か、腹立たしくなってしまったという。

そして、

「こんなインチキな武道があるか。まるで緊張感もない、子供の遊戯のような、踊りのようなのが武道なのか!!」

と怒鳴り散らし、黒帯の人につかみかかり、

「俺を投げてみろよ！　投げられねえのか。素人も投げられねえのか」

と言いつつ、その黒帯の人を突き飛ばした。その黒帯の人はやはり最近この道場に通い出した人で、元々は警察の道場で合気道を習っていた人なのであったが、この時は倒されてしまった。しかし怒りもせず、

「この道場で相手と闘わないことを学びにきている。初心者で申し訳ない。前島さんに教わったらどうですか？」

と言って立ち上がった。

乱暴を働いた2人は言われるまま、

「前島ってのは、どいつだ？　俺たちに教えられるのか？　前に出てこいや！」

と前島を呼んだ。

前島と言うのはここの道場の主催者の立場の人である。

「私が前島だが、君たちは合気道を教わりにきたのか、喧嘩を売りにきたのか、どちらなのだい」

と言いながら、170㎝くらいの背丈であるが手足の太い、ガッチリした体躯の初老の男が2人の前に立った。2人は、

「あんたがここの先生かい。見物させて貰っていたが、今やっているのが武道と言えるのかい。馴れ合いでやっているしか見えねえ。ガッカリだ‼」

「私は先生ではない。君たちには武道に見えないかもしれないが、我々は武道の行く着く先がここだと思っている。武道家は闘わないようになれれば最も良しとなると言われている。それを目ざしているのが我々の道場なのだ」

「暴漢が襲ってきても闘わない武道なんて武道じゃないだろう。例えば、俺が暴漢だったらどうするんだ」

と言いながら、その男は前島につっかかって行った。そして前島の胸を強く押すようにして前島を押し倒すような形で手を突き出した。前島より15㎝ほど背の高いその若者は、足をさらに一歩進めるようにして前島に襲いかかった。若者は当然自分の目の前に哀れな初老の男が横たわった図を描いていた。しかしそうではなかった。いつのまにか己が畳の上に横たわっていた。そしてにこにこした笑顔を見せている前島の顔が己の真上に見える。何が起こっているのか解らなかった。前島が、「君！起き上がれるかな？」

と言った。投げ飛ばされた覚えはない。したがって痛みも覚えていない。だから簡単に起き上がれると思って体を起こそうとした。しかし起き上がれない。前島が己の体の上に手をかざしているだけで、強く押さえつけている訳でもない。それなのに起き上がれなかった。

この様子を見ていたもう一人の若者が菅原のところに電話したのである。そしてこの若者が言った言葉が少々不正確に伝わった。そして2人が道場に閉じ込められているということになってしまった。

この後、この2人の若者は何度も前島に挑みかかっては投げ飛ばされたり、ひっくり返されたりして己の力を出すこともできなかった。

若者2人は前島の技に恐怖に似た驚きで向き合っていた。2人同時に打ちかかっても1人で行っても、どのような形になっても前島を押さえつけることができなかった。「どのような形」というのは、初めから2人が前島の前から腕を摑んでも、後ろに回り2人して肩を摑み押さえこもうとしても、いつの間にか、自分たちが倒されているのだった。このように前から攻めても後ろから攻めても、様々な形で攻めてもすべて、こちらが力を出す前に倒されていた。

やがて2人は前島の前に座り込み、深々と頭を下げ、自分たちの非礼を詫びた。

そして、暫く前島ら道場の人たちと雑談しているところに、菅原が諏訪と現われた。

諏訪が前島たちの道場を知っていたこともあり、2人はそれぞれ400ccのバイクを飛ばしてやって来たのである。

菅原と諏訪が道場の戸を開け、

「お頼みします！」

と怒鳴るような声で呼んだ。玄関と道場を仕切る戸がゆっくり開かれ、弟子の一人が、

「どちら様ですか」

と2人に応対した。が、ちょうどその時前島が2人に技の説明をしていて、その回りを弟子たちが取り囲むようにしていた。

それを見た菅原は応対した弟子を無視して、

「上がらせて貰う！」

と言って道場の中央にいた弟子たちの輪を目指し足早に向かった。ところが彼の前に髪の白い老人が立ちはだかり、

「待ちなさい！」

と手で制した。しかし菅原は老人の制止を聞かず、老人を己の手で払い除けるように、右手で老人を押した。が次の瞬間、自分が空中に浮いているのを感じた。そして気付けば、道場の畳の上に横たわっていた。

前島をはじめ、弟子たちが皆一斉に振り向いてその様を見た。その老人は道場の師匠の廣澤正信氏であった。

師はちょうど着替えを終えて道場に入ってきた時であった。

菅原が倒されたのを見た諏訪は、黙って廣澤老人の前に向かっていき、いきなり左手を突き出し、パンチを打った。自分では一歩踏み込んで出せば間違いなく老人の鼻柱を打ちのめしたと思ったが、何故か踏み込んだ足が固定されたようになり、まるで何かに躓《つまず》いたようになり倒れてしまった。倒れたところが菅原のすぐ横であり、己の足が菅原の腹に乗ってしまっていた。そして菅原も諏訪も起き上がろうともがいたのだがどうしても起き上がれないでいた。

前島と同じ師範の路川という廣澤師匠の弟子が、菅原、諏訪にこれが植芝盛平翁の創始した合気道の最も進化系であることを様々に説明した。やがて菅原と諏訪も己の誤解をとき、廣澤、前島、路川の3人を生涯の師としていきたいと伝え、身をきれいにしてから本当の弟子にして貰う約束をして別れた。

（5）

菅原はその後家業の鳶職の仕事を真剣に手伝うようになった。

そういう中で、自分の父親の苦労が見えてきた。

同時に鳶職の仕事を続ける中で、自分たちの建築業の現場で働く者たちは様々な不都合なことも多いと感じていた。

特に自分の家の鳶職を支えている資材や道具を運ぶ運転手たちが常に駐車違反の危険にさらされていたり、積載量にしても、建築会社の方からはどんどん積まれるが、警察の方に重量オーバーで捕まる者が出てしまう。

自分たちがスムースに仕事を進めていく為には、手助けしてくれる周りの職人のことも気を使わなければならない。

彼は感覚的にではあるが、今の社会の有様《ありよう》に違和感を覚えていた。

だが不良グループの繋がりはまだ残っていたし、合気道の道場にも通い出していた。

そんなある日、新宿駅前に総理大臣が来て、さらなる消費税を上げる必要があることを訴える演説を行なった。

総理は税金を払わない若者が増えていることを対比させるように、国を思う心、愛国心を持つよう訴えていた。その時、総理の立っていた車の回りで人が争う怒声とともに組み合う人が何人もいて、総理のSPと思われる人が、木刀のようなもので打たれ倒れていた。

十数人の暴漢たちが車を囲み、総理の乗る車に乗り込んできて、総理を拘束した。

そして総理からマイクを奪い、暴漢のリーダーらしき男が、

「総理!! あんたは俺たちの生活状況を知らなすぎる！」

と怒鳴った。そして、

「皆さん!! 我々の仲間はこの聴衆の中にも紛れこんでいます。爆弾を持って、いつでも爆破できるように構えてます。我々は最低賃金で働く仲間が中心です。毎日が地獄になっている連中です。だけどヤケになっているのではありません。今日集まった仲間は今すぐ死んでも構わないという連中です。だけど死ぬ前に日本の為政者に直接願い出よう。という事になってこの事態を引き起こしました。総理!! 私らの要求を呑んでくれますか？ ダメと言うならここで私らと一緒に死んでください」

「馬鹿なことを言うな！ こんな形で君らの要求など呑めるか!! そろそろ機動隊が君たちを拘束するはずだ。観念してこの車から降りなさい！ 命の保証はないぞ！ 今のままでは」

「総理!! 私たちはアパートの電気やガス、水道まで止められてしまった貧乏人の集団です。首を切られて再就職できない者や、1カ月働いても給料を支払ってくれない会社によって、アパートを追い出されている者、ネットカフェで暮らしていたが、資金がなくなった者です。そのうえ国や都や区から年金だ、国保税だと請求され、払えず借金がふくらむばかりです。私らの生《なま》の声を聞いてくださ

い」

「君たちの要求を聞いたら、真似をして同じような輩《やから》が出てくるだけだ。だめだ！　だめだ！」

「総理!!　為政者は憲法25条を守らず当り前な顔をして、我々のこんなつましい要求にも耳を傾けない。合法でないとの理由からですか？」

暴漢の言葉を聞いていた聴衆の中から笑いが起こった。それはもっと大きな問題を訴えてきたと考えていた聴衆が多かったからだ。

「笑いごとじゃない!!」

周りにいた暴漢の一人が叫ぶように言い放った。それに呼応するように、

「生存権を問題にしているのだ！」

と別の所から、暴漢の仲間らしき者が、ハンドマイクを通じて怒鳴るように言った。

とちょうどその時、車の屋根に顔を出し、

「オイ、引き上げてくれ」

と言いながら車の上に上がってきた者がいた。首相秘書の曽我である。

同時に暴漢の一人が、

「リーダー、自暴します」

と叫んだ。それに対し、総理が、

「馬鹿なことをするんじゃない。こんなことで死んでどうする。死んだら終わりだぞ」

と叫んだ。その言葉が聴衆にどう映ったか、再び笑いが起こった。そこに車の屋根にやっと上がった曽我秘書が、総理に軽く一礼して、

「オイ、マイクをくれ」

と言って暴漢のリーダーらしきものに手を出した。暴漢の方は何故かおとなしくマイクを渡した。曽我秘書は暴漢に、

「ありがとう！」

と一言いってから、

「皆さん、生活が苦しい中で、電気、ガス、水道も止められてしまうのは、死ねと言われているのと同じ。これは政治の責任、そう憲法25条に則っても則らなくても、これは政治の責任だ。基本的には仕組みを変えることだ。総理は約束できると思う。小生も、またここにいる人々も証人となってください。彼らとの約束を守ると。ただ、君たちのやり方は良くない。まずは警察に捕まってくれ。私は約束は守る」

すこししわがれた声であったが、力強い響きがあった。暴漢たちは曽我秘書に頭を下げ、警察官に捕まっていった。

曽我秘書は総理の手をとり、下に降りていった。その時、誰に対してか判然としないが聴衆から、大きな拍手が鳴り響き続けた。

暴漢たちは花火の火薬を使って爆弾を作っていた。また、プラスチック爆弾のようなものも持って

いた。プラスチック爆弾はネットで秘密サイトから入手できるようになっていた。

曽我秘書は暴漢たちがどの程度の集団か見極めていた。だから総理の抗議が曽我秘書に向けられたが、問題にならなかった。もちろん秘書を解任という話も出たが、解任にもならなかった。

菅原翔太はこの情景が目に焼きついていた。彼はこの時の曽我秘書の行動にいい知れぬ感動を覚えていた。これを契機に彼は時間を作っては曽我秘書に面会を求めた。

初めはなかなか会うこともかなわなかったが、手紙を出し、会いたい理由を書き送り、その後何回も手紙を出し続けた。手紙には己の写真と連絡先の住所やメール、携帯電話の番号などをすべて書いていた。

手紙を出して10通近くになっていた頃、彼の携帯に曽我秘書本人から電話があった。

驚きと同時に、自分が考えていた通りの人物ではないかという、大きな期待をふくらませた。

曽我秘書はややしわがれた声で、

「オー、菅原君か、何通も手紙をくれて、ありがとう。明日の夕方にすこし時間があいた。一緒に夕飯を食べるのはどうか」

菅原は驚きながらも、その言い方に引きつけられた。率直で何も飾らず心の赴くままの言葉を聞いている気がしていた。

菅原が手紙を出し続ける中で2度返事が来ていた。その内容が、1度目は、

「お手紙拝見。忙しく時間がなく会うことはできない」

という簡単なものであった。そして2度目も、

「すまぬ。まだ時間作れず。お手紙拝読」

と言うものであった。

その時はすでに100歳を超えた老人と言われていた人物であり、それなのに身のこなしも、言葉もすべてがとても100歳を過ぎた老人には見えなかった。

菅原は鳶《とび》の親方をしていた爺の後を継いでいた。十数名の従業員を抱えていたが、決して楽な生活ではない。何よりも様々な場面で誇りを踏みにじられるような出来事があった。

例えば、従業員の一人が足場作りの為の材料を車に積んで追突された時、追突した乗用車は警察官の助けを借りて、道路の隅に移動させて貰っていたが、追突された方の車である従業員の車の荷台から、足場を組む、通称タンカンと呼ばれている鉄のパイプの棒が衝撃の為に道路に5本ほど投げ出されてしまった。それを警察官から激しく咎められて、「危険な物を運んでいるという自覚が足りなさすぎる」「そういういい加減なことをする運転手がいるから事故が起きる」などと追突された側なのに、何故か叱られるのだ。

これらのことは日常的に当り前のように起こっているが、本職の鳶の仕事においてはもっと屈辱を感ずることが多い。

しかし、その感情をそのまま怒りとしてぶつけてしまうと、だんだんこちらが犯罪者になってしま

うというのも解ってきていた。それに我々鳶の連中は気が荒い男も多く、他人に迷惑をかける奴が多いのも解っている。

しかしそういうことをいろいろ考え合わせても、我々鳶を含めた建築関係の者は、いろいろ社会的に不利な状態におかれている者が多い。

それだけに常日頃、人に迷惑をかけずに、それらのことを解決する方法はないか考えていた。

ちょうどそのような時に曽我老人の新宿での対応を見たのである。

曽我老人の指定した店は東京の中野駅から歩いて10分ほどの早稲田通り沿いにあった。

菅原は指定された時間より30分ほど前に着いて、店の者に曽我老人と会う約束をした者と告げて身分を明かし、店先の前の端に立って待った。店員に「中で待ってください」と言われたが、ちゃんと立っていて出迎えたかった。

約束の5分前になったところで老人は現われた。

ハンチング帽子を深く被り茶色の太い縁の眼鏡をかけた紳士が菅原の前に立った。1人であった。

菅原はそれがすぐ曽我老人であるのが解った。

しかしどうみても70、80歳の上品なお年寄りにしか見えなかった。

「本日は誠にありがとうございます」

老人に向かって、深々と一礼をした菅原は、眼鏡の奥の老人の瞳をしっかり見つめた。

「待たせたか？」

と言って老人も菅原の瞳を凝視していた。

「入ろう」

老人は自ら、引き戸を開けて先に入っていった。

店の一番奥に厨房と隣接した場所が窪んだようにあり、他とは区切られたような場所になっている。2人はそこに案内された。木のテーブルに木の椅子二つが向かい合って置いてあるすこし殺風景な感じを受けるところであった。ただテーブルの板にしても、椅子にしても皆かなり古いもので、その造りが頑丈にできているものだった。

菅原は政治秘書を長い間やって来た老人であり、そういう人物が指名した店に興味を覚えていた。ごく普通の居酒屋であった。すこし意外でもあったが、期待に応えてくれている感じもした。

テーブルに座った老人に対し菅原は再度、

「本日はお時間を取っていただきありがとうございます」

と、曽我老人に向かって深々と頭を下げた。老人は座ったままだが、それに応えるようにテーブルに両手を着いて頭を下げ、

「わしも君に会いたかった。興味を持ったし、ちょっと惹かれている」

と話した。

「えっ！」

と声を発した菅原は、次の言葉を探したが、

「どうする！　酒はいけるんだろう」

という老人の声で言葉を呑みこみ、

「酒は好きです」

と答えた。20歳になったばかりの菅原は、目の前に座っている老人が、総理秘書として、数々の逸話を残している人物と考えると不思議な気分になった。もちろんその老人が100歳を超えて尚、若者と酒を呑み、共に語ろうとしている、そのエネルギーの凄さに驚かされていることもあった。


菅原は初めの頃は、この老人の力に頼り自分たちの身分向上を要求して実現したいというくらいのことしか考えていなかった。それは何通かの手紙を書いている頃である。


しかし、今日現実に会うことができ、一緒に酒を酌み交わし親しく語り合ってみると、自分の要求をすべて腹に収めていた。そして要求する代わりに、

「先生！　私は自分らの仕事に誇りをもっています。仲間の心をしっかり受け止め、勇気や度胸、それに智慧を乗せて立派な仕事をしようとしています。でもそれを邪魔するものが多すぎます。これを取り除きたいのです。自分はどうしたらいいのか教えてください!!」

と老人に訊ねた。老人は菅原の言葉に大きく頷き、

「君は政治を知っている。政治は要求を強く言う奴、要するに欲ばりが勝つ世界だ。しかしそれでは政治によって民を喜ばせることはできない。国が本当に良くなっていかない。政治は公平と平等を解

りやすく提出し、実行することだ。わしの答えは君が政治家になって働けば、もうすこしましになるかもしれぬと考えている」

「えっ！　私が政治家になるんですか。私は鳶の世界で一番を目指しているんであって、政治家にはなれません。あまり好きなところでもありません」

「わしも好きではない。ましてや秘書というのは気ばかり使ってほんとうに大変じゃ」

と返事のように言ったが老人はそのまま黙った。そして、菅原に酒を勧めた。

菅原はいきなり思いもよらぬことを言われ、高圧の電気ショックを受けたような気になったが、老人の真意を捉えようと頭をめぐらした。が、解らなかった。

2人はすこし沈黙したまま箸を動かした。そして菅原は注がれていた大きめの杯《さかずき》の酒を一気に咽に流し込んだ。そして口を開いた。

「先生！　お聞きします。政治は一番無私が必要ではないかと思うんですが。なんで違う方に行くことが多いんですすか」

「うん！　その通りだ。無私の人間が集まってやっていれば、絶対上手くいくと思う」

「何故だめになるんですか」

「政治は権力を握ることだ。これを握ると無私の心が揺らぎ、だんだん心にずるさが出てくる。

今まで何人もの政治家が変質した。政治は無私の心をもった者がやる仕事だ。公務員と呼ばれる者は、その無私を支える土台だ。だから公務員も、無私の心をもった者がなる仕事なのだ。そしてこの仕事に着く者は貧乏を喜びとできなくてはならないのだ」

「今は全く反対になっているんではありませんか」

「そうだ！　どんどんひどくなっているとも言える」

「政治の中心にいる先生でも、なんとかできないんですか」

「なかなか難しい。敵は政治家や官僚組織の中から国民の中まで、厖大で大変強力だ。それだけではない。敵はこれを変えようとしている者たち、例えばわしがそうだとすると、そのわしの心の中にもいる。本当にやっかいで大変なものだ。でもその心を武器として闘うこともできる。公平と平等を作り出す感覚を高めてな」

「今まですこし変わった時もあった気がしました。でもまた戻ってしまったと感じていました」

「そう、何度か上手くいきそうな時もあった。しかし政治家の変質と死。そこにいく前にいろいろなところで巧妙な罠が仕掛けられていて、やられてきた。わしは生きている間はやる！　日本はなんとか生き伸びてきた。でも、今や風前の灯だ。さっきのこと、考えてみてくれ」

「えっ。いや！　それは……ちょっと」

「考えてみてくれと言っている」


曽我老人は迎えの車が来て先に帰っていった。後に残された菅原は、まず老人が若者と同じように酒を呑み、酔わずに喋る姿に驚いていた。そしてもう一つは老人から出てくる熱気のようなものが、太くて広がりがあり、燃え上がる炎のように感じたことである。実際の年は聞かなかったが、噂では１００歳を超えていると言われる。

（6）

宇宙には違う生命が存在するはず。というのが最近の天文学者や宇宙物理学者など多くの学者の共通認識になっている。

太陽系外の星の周囲にある惑星。これの探索が盛んに行なわれ出したのは、１９９２年に最初の系外惑星発見以後である。２０１３年頃には系外惑星は５００個以上発見され、その後その数は急速に増えていった。

最近の調査で、これらの惑星のうち地球に似た惑星も見つかっている。しかもその惑星のうち数十個はハビタブルゾーンに位置するものであるのも解ってきた。

ハビタブルゾーンとはおおまかに言うと、惑星が恒星からの位置がちょうど良く、水や空気が安定的に存在できる領域のことだ。要するに地球と同じような存在様式であり大きさであり、位置関係にある状態のことである。

２０１５年にＮＡＳＡ（アメリカ航空宇宙局）は火星には現在も水が存在し、流れていることを発表し、世界を驚かせた。

火星は昔から生命が存在しているように描かれていたが、宇宙開発の進歩に伴い、一時はそれが全面的に否定されていた。火星には生命が存在できる環境はなくなっていることが解っていたからである。

それが突然、再び火星に生命存在の可能性があるということになったのである。

このことは各国の宇宙開発にはずみをつけ、太陽系の惑星を資源の供給地として確保する動きと、宇宙旅行への夢がビジネスになる時代が到来したのである。

各国は核融合反応による推進エネルギーを使ったロケット開発を進めていた。

それはエネルギーに変換される効率が一番いいからである。

核分裂によるエネルギーを引き出す効率は、0．1％以下となるが、核融合によるものは20％を超える可能性がある。

現代物理学が指示する最も効率のよいエネルギーは核融合によるものである。だから各国がこれに取り組むのは当然であった。

日本も当然この開発に取り組んでたが、財政的支援の乏しい中で、学者たちはよく頑張っているが、やはり他の先進諸国には遅れをとっていた。

核融合反応は高温と高圧により原子核を融合させて、それまでの物質を他の物質に変化させてしまうもので、融合時には大変大きなエネルギーが放出される。

重水素と重水素を反応させると、ヘリウムと中性子に変換し、その過程でエネルギーが生まれ出る。

各国は核融合反応においては、重水素とヘリウム3との核融合が最も銀河内を移動するロケットにおいては一番適していると考えてこの開発に勢力を注いでいる。

重水素と重水素の反応はいろいろな利点もあるのだが、この時に解放されて出現するエネルギーが、ほとんどは超高速で運動する中性子の運動エネルギーと言われる。

この中性子のエネルギーは非常に使いやすさがあると言われるが、ロケットに利用するには不向きと言われている。何故なら、中性子が電気を帯びていない為、磁場による制御ができず、これを制御するには重くて分厚いシールド（遮蔽物）が必要となり、ロケットの全重量を大きくしてしまう。

これに対して重水素とヘリウム3の核融合は放出されるエネルギーのほとんどが、超高速の陽子である。陽子は中性子と違い電気を帯びており、磁場により制御が可能になる。だから重いシールドは必要でなく、磁場によりコントロールができて、ロケットの重量を少なくできるのである。

日本も同じように重水素とヘリウム3との核融合によるエネルギー確保の技術とロケットの開発を進めていたが、各国に遅れをとっていた。

最初にこのロケットを完成させたのはロシアであった。昔から宇宙開発に力を注いできたロシアは、様々なノウハウを駆使して一番乗りを果たした。次いで中国がロシアの技術援助を受けてではあるが、このロケットを完成させた。

アメリカは2国に遅れること1年で、やっとこのロケットを完成させた。

そしてこのロケットを飛ばしてロシアは何故か金星に向かった。そして中国は月に向かい、1年遅れたアメリカは火星に向かった。

ロシアはこれまでに何度も、金星に向かってロケットを打ち上げていた。

そもそも金星は気温が475度もあり、90気圧もある灼熱地獄のような星であった。それが、ロシアが金星にロケットを打ち上げてから40年近くたつが、金星の変化が見えてきたと言われる。ロシアはこれは名分でありテラフォーミング計画（惑星地球化）を行なっていると言う。

それは気温がぐんと低くなっているということと、気圧も下がったことだ。ほとんどが炭酸ガスの大気に包まれていた金星が、その量をどんどん減らしていた。

ロシアは北海の海底火山に住んでいた微生物を大量に培養し、それを金星の赤道付近にある、アフロディーテ大陸と呼ばれている高原地帯に打ち込んでいた。それらの微生物は海底火山の吹き出し口のそばで生息していたものである。

1981年にロシア（旧時代）は金星探査機を軟着陸させている。この時以来、ロシアの宇宙開発の中における金星へのこだわりがあった。それは金星の鉱物資源が目的なのだが、そのターゲットがウランであるなどと言われていた。ウランももちろんその一つであるが、もう一つ大きな目的はダイヤモンドをはじめとする様々な宝石が豊富にあるのが解ってきたのである。

もちろんロシアも金星の開発だけでなく、火星にも、月にも他の惑星にも開発の手を伸ばす計画を発表している。

この形は中国もアメリカも、他の先進国も基本的には同じようなものだった。

中国は月を一番のターゲットにしているが、それは地球からの近さと、重力が6分の1ということが、中国の技術力の低さを補うものということであった。

アメリカは火星開発においてはやはり特別な思いがある。１９３８年にＳＦ《エスエフ》小説がラジオで放送された時、アメリカ国内ではパニック状態を引き起こす事態が発生した。アメリカ人は火星人の存在を随分昔から信じる人が多い。

１９６４年には無人探査機マリナー４号が初めて火星に接近したが、その時も多くのアメリカ人は火星人との遭遇を期待していた。

しかし、その後、何度かの探査が行なわれても火星人の存在は確認できないし、生命存在の条件としての水分の存在も確認できない状態だった。

ところが２０１５年、ＮＡＳＡ（アメリカ航空宇宙局）は火星に水の存在を認める発表をした。

その頃からすでに火星改造の計画は出来上がっていた。そのままでは火星に住むにはすこし寒すぎる。平均気温はマイナス55度である。

火星は地球より太陽から遠ざかること７８００万㎞あり、地球が受け取る暖かさの5分の2くらいしかない。そして重力も地球の3分の1しかない。大気は炭酸ガス（二酸化炭素）がすこしではあるが、いつも重力が弱い為に逃げていくことが多い。

アメリカは他の国の協力を得ながらテラフォーミング（巨大な鏡で太陽熱を集めて、極寒のドライアイスを溶かし、二酸化炭素を増やし、温室効果を作り出すことを通じて、火星に埋まっている氷を溶かし水を確保する）計画であった。

しかし、二酸化炭素を増やしても重力の弱さで逃げ出してしまうこともある。また太陽からの風、太陽風が火星の大気を常にはぎ取っている現実がある。何度かの失敗を通じ、アメリカも微生物作戦を展開している。その微生物は極寒の地で生息していたもので、その微生物を培養して火星のクリュセ平原を中心に北はアキタリアの海と言われる方に打ち込み、南は真珠の湾と言われる渓谷の深い部からノアキスの平原に到る広い範囲に微生物を打ち込んでいた。そして２０５０年代を過ぎた頃から、火星に微生物が定着し、大気が広がっていることも発表された。

世界中の人々が、宇宙旅行の夢を大きくふくらませ、手軽で安価に行ける宇宙旅行を、その実現を渇望していた。

ただ宇宙旅行といっても、人類が行けるのはまだ太陽系の惑星だけであり、太陽系からの脱出は実現できないでいた。

（７）

日本は宇宙開発の責任者に石原巌雄が就いてから、宇宙旅行の中で太陽系を出ないものについては他国頼みにする方向に切り替えていた。自前で核融合推進システムをもつロケットの開発に取り組んでいたが、ほぼ１機が出来上がった段階で、光子推進システムに変えていった。この光子推進システムは反物質の対消滅エネルギーを使った形で「対消滅推進システム」とも言われるものである。

国の財政が弱くなっている日本にとって、当面の宇宙旅行を実現させ、尚かつ近い将来必ずくるであろう核戦争に備える為の移住計画を遂行していくことは難しかった。

国の要望は移住計画を優先させることだった。だからこそ前任者の佐藤博士を解任し、石原博士を責任者に持ってきたのだ。

石原博士は宇宙へ飛び出すのは光子ロケットしかないという考えを一貫して持ち、発表してきた。ただそれは解っているが、反物質との対消滅とその制御については、まだまだ遠い未来と考える学者が多かった。

石原博士の周りには若い学者が集まっていたが、数は少なかった。そういう中で石原名誉教授とそれほど年齢差はないが反物質の研究では数々の論文をものにしている大物名誉教授である広瀬博士が協力することを表明し、彼の周囲にいる若い学者も参加を表明していた。

広瀬名誉教授の表明により、それまで参加をためらっていた多くの学者が協力を表明し出した。それもほとんどの者が無償で協力を表明しているのである。それは広瀬名誉教授が表明した内容が原因していた。

広瀬教授は若い頃は空手をずっとやり、他に、剣道や居合道をやり、さらに日本の平和思想に影響を大きく与えた合気道の道にも精通した剛のところを持った人物であった。その質朴さと風貌が多くの人をひきつけていた。

その人が、

「国家の存亡及び人類の存亡の時に、正しい道を進む仕事に就けることは、幸せなこと」と言って無償で仕事をすると宣言したのである。

そのことがあってから国民は当面の宇宙旅行には抑制の姿勢で構え、本格的な宇宙ロケット、それは太陽系は当然脱出できて、天の川銀河を自由に飛び回ることができるもの、それが宇宙の名が付けられる旅行だと言い出していた。

ただアメリカの宇宙ロケットが、いよいよ火星を目指すことになった。その時乗客を募集したところ、世界から金持ちが集まったが、日本人の応募が一番多いことが解った。

日本にも金持ちはいるが、多くはない。応募した多くの人は皆中産階級以下の人々であった。

これは昔からの日本人の性格の一種であるかもしれぬ。要するに新しい物が根っから好きという人が多いのだ。この点をある人は、

「進取の気性に富んでいる」

と表現していた。が、結局新し物好きということであると世界は評価していた。

石原巌雄名誉教授は反物質をどう作り出すかは広瀬清康名誉教授に全面的に協力を得ることになった。石原グループは光子ロケットの構造及び燃料となる反物質と物質の対消滅エネルギーを取り出す仕組みなどを研究していた。

それに対し広瀬グループは反物質をどのような形で作り出すかを中心に研究を進めていった。

（8）

２０２５年、世界中のメディアが一斉にあることを報道した。突然アフガニスタンを中心とする組織であるタリバンと「イスラム国」と言われた「I《アイ》・S《エス》」と中国の中で抑圧を強く受けているウイグル族の過激派及びそこにパキスタン軍将校の一部の組織が一緒になって一つの組織を作って活動し出したというのだ。そして彼らの声明の中で、

「我々はすでに核兵器を製造することもできるし、操作することもできる。すべてを手中に収めた。そしてこれを敵対する国に容赦なく打ち込む用意がある」

と宣言した。これは今までにない規模のテロ集団の旗上げであった。

これには世界の国々が大いに震撼した。その中でもアメリカやフランス、ドイツ、イギリスなど欧州の各国は大騒ぎになった。そして過激な発言が各国の首脳から飛び出していた。特にイスラエルの首脳の発言に刺激されるように過激度を増していった。

イスラエル首脳は、

「我々も核兵器を持っている。我々に敵意を示した国や集団に向かって、いつでも発射させる!!」

と宣言した。それに呼応するように欧州連合《EU》の首脳の一人が、

「我々は、我々の家族や兄弟を守る為には、核兵器の先制攻撃の権利を有している」

と発言した。

さらに北朝鮮からも、

「我々自国の人民を守る為には、いつでも、どの国に対しても核兵器を使用する覚悟である」

と言う声明が発せられた。

世界が一つの声明によって浮き足立っていた。

北朝鮮の声明のすぐ後に、中国の首脳の談話が発表された。その要旨は、

「我々と同盟を結んでいる国々からの要請があれば、我々はいかなる手段を用いても同盟国を守る為に働くであろう」

と言うものであった。核兵器使用については言及していないが、「いかなる手段を用いても」というくだりは、核兵器使用もやるぞ、と言わんばかりになっていた。

それに対してロシアはすこし違った談話を出した。

「世界の情勢は非常に危険な崖っ縁にある。人類は核戦争勃発に進んでいる。この愚かな試みを阻止する為には、阻止の勢力がどんな国であろうが、どんな集団であろうが仲間として歓迎して共に闘うだろう」

というものであった。

ロシアに続いてアメリカ合衆国が声明を出した。それも、大統領とともに上院、下院の議員の大多

数の人の署名入りのものであった。

「我々は核戦争の脅威に対し、冷静でなくてはならないことを知っている。核戦争を仕掛けようとする勢力は、我々が冷静に！　と言うと、それを恐怖におののいているようにとっているようだ。アメリカ国民は長い間世界のリーダーとして今までさんざん汗も血も流してきた。我々の先輩に恥じぬよう、核戦争であろうが、どういう戦争になろうが、我々は死を恐れず国家が一丸となって向かってくる敵に対し攻撃するだろう。我々は新しい兵器を開発したが、その使用も含め、どのような敵に対しても、容赦しない」

世界には極端な保護主義が蔓延していた。それだけではない。２０１５年、フランスで大きなテロ事件が起こった。それが他の国にも飛び火したことが契機となってもいた。各国が友好関係を結ぶより、自国の生き残りを優先し、他国との信頼関係を構築するのを疎かにしていた。それがこの核兵器に対する恐怖と、威丈高な態度になって表われていた。

日本は以前、世界で唯一の被爆国と言われていた。しかし、中央アジアの国々が原爆の被害に遭っていた。この中央アジアへの攻撃は、どの国によるものか謎とされていた。それは中央アジア諸国と日本やベトナム、フィリピン、インドネシアなどの国々との交流が盛んに行なわれ出してから、ロシアの経済を圧迫しだしたと言われたりした。それとは別にウイグル族支援になるこの交易は、中国にとって大きなリスクと損害をもたらしていた。しかも中国の西側方面の防備はそもそも天然の要塞にたより手薄だったこともあり、中国はこれらの交易にはいらだちを見せていた。

それだけではない。中国は中央アジアの諸国に大きな影響力を及ぼしていたが、ある時からイランが力を付けて、中央アジアの諸国との交易を進めていた。これにはロシアも強く反発した。それはイランがそれまでのロシアや中国の権益をあからさまに奪い取っている行為が目立っていたからである。ただイランには核兵器があった。それも非常に強力で、長距離を飛ばせる大陸間弾道ミサイルICBMや、中距離弾道ミサイルIRBMなどがあった。

いつの間にか、イランは中東の雄《ゆう》国となっていた。そもそも昔のペルシャと呼ばれた国である。

これまでもアメリカやロシア、中国など大国に対しても一歩も譲らない態度であった。

さらにはこの中央アジアの国々と古くから交流のあったアフガニスタンには、タリバンやI《アイ》・S《エス》の重要拠点があり、パキスタン北部から海岸までのルートが過激派組織に牛耳られていた。そういう状況の中で小型の原爆がトルクメニスタンの砂漠に落とされた。そこは、交易にかかせない重要な道路が作られた場所であり、中央アジアの国々と交易する為の重要中継地点でもあった。ヨーロッパやアメリカをはじめ、日本、ベトナム、フィリピンのアジアの重要な各国の建物が集中した場所だったのだ。ところがその場所が一瞬にして火の海となり、さらに砂が舞い、廃墟の街となってしまった。

この為カザフスタンやウズベキスタンの国にも大きな影響が出た。それはここで取れる果物などの農産物が売れなくなったのをはじめ、家畜にも大きな影響を及ぼした。

世界の情勢は2025年以後、核戦争がいつ起きてもおかしくない状況であった。

（9）

会議は長びいていた。

宇宙開発の方向を修正すべきとする意見が東大と、京大の研究グループが手を組んで提出した。

東大の藤田博士と深澤博士のグループと兄弟の森川博士のグループは、太陽系の中の惑星に移住できる形での宇宙開発でなければならない。

今、目の前の危機に具体的に対応することが大切である。その為には核融合推進システムのロケットを数多く作らなければならない。

というのが主なる意見であった。

それに対し石原博士や広瀬博士らは、

「今の世界の宇宙開発の流れは、地球上での覇権争いの延長であり、このまま進めば必ず、重大なアクシデントが起きる。だから日本は独自の道を行くべきである。この道を進むことで世界平和ともつながる。何故なら、反物質と常物質により対消滅を作り出せることで、人間はより自然に従順にならなければならないことを悟る。それだけではない。

今まで見ていた宇宙というのは物理的宇宙だったが、我々は宇宙は時間と空間から見ていく必要がある、と思っている」

ここまで説明していた石原博士の言葉をさえぎるように藤田博士が、

「先生！　失礼ですが、宇宙論の講義を聞こうとしているのではありません。時間と空間の問題は、この宇宙を語る時はさけて通れないのは、誰でも解っていることです。しかし、我々科学者はそれを具体的に考える時まず物質の内容を把握しておかなければならないのです。アインシュタインによって時間と空間の問題は随分明らかにされて来ています。そしてその後も新しい考えは提出されていま す」

「いや、先生！　すこしお待ちください。私たちが時間と空間から宇宙を見つめるというのは、それまでの概念と違うものを提出したいということなのです。先生のおっしゃることは解りますが、今すこし聞いていただけますか？」

「解りました。新しい提案ということらしいので、お話を伺いましょう」

「時間と空間からみて、と言ったことについて、すこし大胆なことを、お話しします。ただすこし前置きがあります。根本的な事ですが、我々は、宇宙、大宇宙は果てがあり有限であると考えています。同時に空間が有限なのですが、無限の活動をしていると考えています。もちろん宇宙が膨張していることは認めています。そして、ビッグバンがあったことも認めています。

宇宙の膨張は行なわれています。ビッグバンが１３７億年前とする。それなのにこの宇宙は、我々が見ることのできる宇宙は、たった５％にすぎない。残りの95％はダークマターが23％でダークエネルギーが72％と言われています。

これはＷＭＡＰ《ダブリューマップ》の宇宙地図からも、ほぼ認められると思います。ダークマターは置いといて、ダークエネルギーが72％というのは宇宙空間はほとんどエネルギーに満たされていると言えます。それではそのエネルギーはどこから来ているのでしょうか。我々の新しい考えですが、これはこの大宇宙が回転していることから生まれていると考えると一番合理的になります。重力が何故あるのかも、この大宇宙の回転を考えると解りやすい。

川の中に大きな岩があると、流れに沿っていた落葉などが岩の傍に引きつけられていることを見かけます。それは小さい岩より、大きい岩の方が多くのものを引きつけています。すこし乱暴なところもありますが、重力と言われるものは、そこにある物体によってのみ働きが出現しているのではないのです。大宇宙の回転があり、その時に生まれる流れと物体との関係で生まれるものだということです。そしてこの大宇宙の回転を前提に考えると、ビッグバンというのも必然的に起こります。

さて、ここからが本題となります。

大宇宙を球体と考えてください。ここには左上と右上、そして左下と右下という領域があります。要するに上下、左右と言うものがあり、それにより大宇宙は、左上、右上と左下、右下という領域に分かれていると言うことです。それぞれに前後があります。そしてこの分かれている領域が重要なのです。それぞれの領域にはそれぞれ違ったエネルギーが存在すると考えているのです。ここでは空間というものが性質を有しているということを示していると見ます。

ここで初めに左上の領域を考えますが、上ということでこれを（＋）《プラス》とします。そして左がやはり

（＋）《プラス》です。それに加えて、どの領域もそうですが、（表《前》）と（裏《後》）があります。この表裏《前後》は（＋）《プラス》（－）《マイナス》です。この結果、左上の領域は3（＋）1（－）ということになります。そして左下は左が（＋）で下が（－）です。そして表裏の（＋）（－）を加えて2（＋）2（－）となります。そして下の右ですが、下が（－）で右が（－）で表裏の（＋）（－）を加えて1（＋）3（－）となります。そして上の右は上が（＋）で右が（－）です。それに表裏を加えて2（＋）2（－）となります。

この領域の違いによってエネルギーの質が違っており、その領域がそれぞれのエネルギーの力で動き、回転が起きることが宇宙の創生の出発となっている。この創生とはビッグバンの時点です。ビッグバンは大宇宙のエネルギーが回転により、左上の3（＋）1（－）と、左下の2（＋）2（－）が合体します。同時に右下の3（－）1（＋）が上に昇るように右上の2（－）2（＋）と合体します。この時の合体により、左側では5（＋）3（－）となり、右側では5（－）3（＋）となります。これがさらなる回転が進むことで、大宇宙の中央で合体することになります。左側からのエネルギー5（＋）3（－）と右側からのエネルギー5（－）3（＋）は大宇宙の回転により中心で出合うことになります。

出合ってから38万年経てはじめて原子が生まれました。この38万年間は左側からのエネルギー5（＋）3（－）と右側からの5（－）3（＋）のエネルギーが反応して物質化されていく過程なのです。この時の物質化には対消滅的に生まれるエネルギーが使われているはずです。そして上で左側から来て右側のエネルギーを取り込んで物質化したものは右側に進み、下より上に右側から来て左側のエネルギーを取り込んで物質化していったものは左側に進んでいった。この中央、要するにビッグバンの地点から左側のものが右下に、右側のものが左上に行くことになる。

この上で左側のものが右下に向かっていくこと、そして右側で下から上に昇ってきたものが、左側で上に向かっていく形になっていることには意味があると思います。しかしそれは後ほど言及したいと思います。ビッグバン以後左右に分かれていく訳だが、この時点から38万年かかり物質が生まれる。それは5（＋）3（－）と5（－）3（＋）が合体したのである。ここで恐らく対消滅により大変なエネルギーが生み出され、物質が作られる過程でこれが使われたと思われる。ビッグバンの合体は、その前の合体を経てからのものである。それぞれがもつエネルギーの性質の違いによって、合体の内容も違ってくる。

だからビッグバンが起きた段階から38万年をかけ物質が生まれ、１３７億年かけ、今日の宇宙が作り出された。１３７億年の先は見えない。このことから解るのは、我々地球上から観察しているものは宇宙の半分しか見ていないと考えるべきである。要するに左側下から上昇して右側上の領域に行って反対側から来たエネルギーと中央で反応し、ビッグバンを経験するが、これは左側上の領域に進んでいく。もし地球がこの領域に位置しているとする。すると、現時点からだと、この左側の領域は見えているが、反対の右側の領域は見えていないはずである。であるから我々が宇宙と言っているのは、地球（太陽系）が位置している側の部分のみだけなのである。しかし実際の宇宙は後《あと》の半分もある。恐らく後《あと》の半分は反物質の世界となるであろう。それとそもそも見えている側の宇宙は、今見えていない右側の方から来たエネルギーが左側のエネルギーと反応することで作り出しているのである。

この見えている側の宇宙は、ビッグバンから、物質を作り出しつつ、左上の領域から左下の領域に進んでいく。この左下の領域に入っていくと、今度はこの領域のエネルギーと反応して物質がエネルギーに変えられていく。ここで左側の下で作られたエネルギーは、右側下の領域の出発エネルギーとなっていく。

さてここまでの説明は、宇宙を考える時間はもちろんですが、空間、その位置というものがとっても重要ということを言わんとしています。ここで御意見があれば……」

「先生、大宇宙が回転しているというお話ですが、それはご存じのようにカリフォルニア大学バークレー校のスムート博士らの研究で否定されています。非等方的な膨張の痕跡がなく、全方位に宇宙は膨張していることはコンセンサスもできてきているのではありませんか？　大宇宙の回転はないのでは？」

京大の森川博士が自信ありげな顔で言った。

「その通りです。よく存じております。しかし、全方位に宇宙が膨張していることが大宇宙の回転をすべて否定している訳ではないと思っています。大宇宙の観測可能な空間は曲率が0《ゼロ》という事は解っています。しかし観測可能な部分は宇宙の半分であり、その半分の中における、もしかしたら上半分で起きている事とも考えられます。乱暴に言ってしまうと大宇宙の4分の1のところで起きていることと思っています。上半分のさらにその半分での事を全体と見ている。我々は下半分は現在の宇宙の構造が消えていく墓場のように考えています。このような大宇宙を考えると膨張というのは大宇宙の中における部分的な現象と見なければならないと思うのです。宇宙は上下や左右があり、その上下左右にはそれぞれ性質があり、皆違うのです。要するに時間と空間には質があるとみるのです。我々が今観測している宇宙はほぼ全体の4分の1の部分です。それを仮に右上の部分とします。その部で膨張が起きているのです。ビッグバンが起きた時も大宇宙は回転していました。というより大宇宙が回転しているから、ビッグバンが起きました。その爆発から今迄の様相は現代の観測結果の通りと考えています。

ビッグバンが起きたのが137億年前。その前にインフレーションが、空間の急速な超級膨張が起きている。しかしそのビッグバン・インフレーションが起き、宇宙が生まれ成長していくのは大宇宙の右上の4分1の部分です。しかもその4分の1の部分も大宇宙の回転により動かされている。同様に内部ではどんどん空間は広がって膨張している。この二つの運動により空間の広がりが等方向になって見えていると考えるのです。

我々が観察している宇宙は例えばという前提ですが、上4分の1と考えていると言いました。それでは下の4分の1と、さらにはもう半分はどうなっているのでしょう。

まずは下4分の1は墓場となっていくところと思っています。要するに上半分で生まれて来た物質が、下半分の領域に入ると、その物質がもつある部分が、その領域にあるエネルギーと接触することによって消滅することになる。物質と反物質の衝突とはすこし違った形ですが、消滅が行なわれ、新たなエネルギーが生まれていきます。

そのエネルギーと物質が衝突接触することでさらに消滅が行なわれていきます。

この下半分での物質の消滅こそが、20億光年以上遠くに観察される、クエーサーではないかと考えています。クエーサーの遠いのは50億光年先というが、クエーサーは物質がエネルギーに変わっていく現象と考えています。大宇宙は右半分の上は物質の生成が行なわれる場所となり、また下は物質の消滅の過程となる領域にもなっている。そしてこの右半分に対して左半分はその下部で物質の生成の過程があり、上部が消滅の過程となっている。このように大宇宙の構造は、上下、左右という位置によりエネルギーの性質が決定され、それにより宇宙が回転する。回転することで物質が生まれる。生まれた物質は大宇宙の回転でそれぞれのエネルギーの性質の違いによって、次に消滅していく。それが右側半分で生成と消滅があれば、それと反対側の左側にもある。そして右側が生成するのが上なら左側は下となる。そして消滅については右側が下なら左側は上となる。右側と左側では物質と反物質となる。

大宇宙の回転も物質が生成される時はその動きが速く強くなるが、消滅が主になる時はゆっくりと弱くなっていくはずです」

「先生、お話がだんだん複雑になり、すこし頭が混乱してきました。一度整理してまとめてくださらんか」

と曽我老人が言った。曽我老人は宇宙開発事業団の理事でもあるが、政府の宇宙開発大臣の補佐としても出席している。というより曽我老人の政治力が今日の宇宙開発の方向性を決定づけていることは誰の目にも明らかである。その財源のほとんどを企業の出資で賄っていた。その代わり、企業に技術をすべて引き渡してやっていた。企業にしてみると、開発費が非常にかかるのは解っているところであり、ロケット技術の細部にわたり開発が行なわれ、製品化できた様々な部品は貿易対象物として自由に扱うことができるので、この出資については企業は積極的になっていた。しかも技術は一企業にのみ渡すのではなく、大企業から零細企業の会社迄、厳重な管理のもとであるが渡された。大企業から中小企業そして零細企業に降りていく形ではなく、政府のプロジェクトチームを作り、そこには大企業から中小零細企業の者迄が、政府役人や宇宙開発事業団の人々と一緒に仕事をする形をとり、このプロジェクトチームが決定機関となり、事業は進められていた。

「曽我老人の言われるように、ここですこしまとめてみたいと思います」

石原博士に代わって広瀬博士が話を進めた。

「我々はまず第一の目的として、究極のロケットである光子ロケットを作りたいと思っています。その為には物質と反物質の接触によるエネルギーを作り出せることが必要です。

それを本当に作り出せるのか、どうかという問題があります。藤田先生たちがおっしゃるように、核融合反応によるエネルギー確保。それによる推進ロケット開発がより現実的であるとの意見は理解できます。しかし、我々は光子ロケットの実現を可能にする反物質の製造に一つの確信を得たのです。そのポイントは、大宇宙の構造と同じような構造をもった機械を作ることにあると思ったのです。石原先生が縷縷《るる》説明して来たのはその為のものです。我々が考えている大宇宙の構造を説明しようとしていたのです。その中心は上下、左右と、加えて前後（あるいは表と裏）の空間のもつ性質を明らかにすることです。そこで我々の考えている宇宙、要するに大宇宙についての要点を挙げたリーフレットをご用意しました。一部石原先生と重複するところもありますが、まずはそちらをご覧いただけますか」

広瀬博士から渡されたリーフレットには次のようなことが書かれていた。

一、大宇宙は回転している。この回転が重力を作り出している第一の元となる。
二、大宇宙は球とみていいが、その球には左右、上下、前後があり、主に左上、左下、右上、右下と分けることができる。
三、そのそれぞれの領域は性質を有している。それはエネルギー的に違いがある。
四、それぞれ違うエネルギーが回転することで中心で接触しビッグバンが起きる。
五、大宇宙の中の右半分（あるいは左半分）が我々が観察している宇宙でさらにその半分の4分の1の部分が物質の活動する部分で、そのもう半分は物質がエネルギーに変わる領域となる。要するに物質が消滅する領域となっている。右半分の物質の活動する領域は元は左下半分の領域から来たのである。
六、したがって物質の活動する4分の1の領域で空間の膨張が起きている。一見、等方的に見えるが、大宇宙の回転とビッグバンが生み出したエネルギーとの関係で起きていることであり、大宇宙の4分の1の領域で起きているものを見ていると言える。

七、この4分の1の領域が右半分の下とすると、右半分の上が物質が消滅する領域となる。そして左半分にも同じように物質が生成する領域と消滅する領域がある。これは反物質を生み出し、それを消滅させている。ただ右半分とは逆に左半分の上で物質を生み出し、左半分の下で消滅させている。

八、右半分の領域から、左半分の領域は見えないはず。何故なら両方ともビッグバンから今日迄過去から現在迄光は一方向に進んでいるから、右と左では反対に向いているからである。

九、このような構造の宇宙だから、その大きさは有限だが、無限の活動をしている。それは物質を生み出す時から、その物質を消滅させエネルギーに変えていく時までを動的過程とするなら、物質のエネルギー化が落ち着いてくる時から、そのエネルギーが再び次の領域の出発点に立つ。(例えば右下の領域から、左下の領域に移ったところ)その出発点から、左上に進んで行き、そこから再び反対側の領域からくるエネルギーと接触し、ビッグバンが起きる直前までが静的な過程となる。

「我々は当然、宇宙の動的過程に身を置いていると見ていい。がその過程のどのあたりにいるのかを今後の観測で明らかにしていきたい。

宇宙の構造については今までの視点と違いますが、これらの見方によって様々な宇宙の疑問が解けるところであります。

石原先生が説明してきた我々の宇宙観は以上のようなものです。この大宇宙を模した機器を作ることで反物質を手に入れられる可能性があると考えています」

広瀬博士が話し終えると同時に、京大の森川博士が言った。

「非常におもしろいですね。ただ本当に途方もない感じは拭えないので、慎重に進めるべきですね。でもなにかわくわくしますね」

森川博士の反応にすこし不快感を表わしたのが藤田博士であった。

「森川先生は何をそんなに喜んでいるのでしょう。解りませんね。大宇宙の回転もそうですが、それぞれの位置が違うことで何故エネルギーがその性質を変えるのでしょう。説明になっていません。思弁の枠内の話としか聞こえません」

「先生、宇宙の話はどうしても思弁が入ります。でも大宇宙を上下、左右、前後に分けて、その位置が大事という発想は新しいものです。それと、我々が観測しているところを大宇宙の4分の1の部分という件《くだり》は期待を持たせます。今の話が全部ではないと思いますが……」

藤田博士の言葉が終わらないうちに、森川博士が腕を広げたり、上げたりしながら割り込むように話した。それにすぐ反論するように、

「学問として論じるだけの場ならかまいません。しかしここでの結論は国民の未来にかかわります。

現実を直視して、確実なことをやらねばなりません。こんな途方もない話をこの段階で信じろというのは無理です。光子ロケットは夢です。実現できれば本当にすばらしいと思います。しかし今の提案ではとてもとても、科学のようには感じません。森川先生、宇宙論には昔から、左右の問題など位置空間の話はありました。貴男はご存じないのかもしれませんが……」

と藤田博士が不満を目いっぱい表わすかのような顔で言った。

「藤田先生！　あまり興奮なさらずに。先生は私にいつも言われていました。科学は常に大胆な発想の中で発展すると。石原、広瀬両先生の提案は大胆すぎますか？」

森川博士があくまでも和《にこ》やかな顔で藤田博士に答えていた。再び曽我老人が口を開いた。

「藤田先生。広瀬先生たちの計画は全く望みのないものですか？　それとも可能性はあっても現時点では選択できないということですか？　望みのないものでは話になりません。そこのところがお聞きしたい」

「いや全くの不可能ということではありません。でもむずかしいと考えています。だから私は実現性の高い核融合推進システムのロケットを早くに作り出すべきかと考えているのです」

「それは、どうしてですか。核融合推進システムは、どうやら巨大化ロケットになりそうといいますが……」

「確かに巨大化しますが、間違いなく対消滅推進システムのロケットより、早い完成が望めると思います。それにより多くの国民が移住することが可能となります。日本人の血が残せるのです。同時に世界の先進国と協力することもできます」

「藤田先生！　それでは石原博士、広瀬博士の提案は望みがないという訳ではないのですね。可能性はあるのですね。全くの夢物語ということではないのですね」

と曽我老人が何度も念を押すように藤田博士に聞いた。

「いや！　そのー。反物質を作り出すのは、すでに行なわれております。1955年に、物理学者のディラックらにより予言された通り、強力なガンマ線が物質にあたると、そこで陽子と反陽子が対となって同時に創生されることが確かめられました。人工的に反物質を作り出すことは可能なのは解っています。陽子と反陽子だけでなく、電子（陰電子）に対して陽電子の存在も明らかになっており、中性子の反粒子である反中性子も発見されています。だから広瀬先生たちの提案は全くの絵空事と言っているのではありません。しかし、反物質となる物を貯蔵することや、さらには対消滅によって作り出したエネルギーをどう噴射させるか、この問題は核融合推進システムのものから比べ数段難しくなる。だから時間的には相当の遅れとなると思います」

「解りました。藤田先生の御意見は大変貴重なものになります。総理に伝えておきます。

先生にはおって政治の方からの考え方をお話ししますが、閣議では意見が分かれました。核融合推進システムロケット派と対消滅推進システム派と半々です。すぐ目の前の問題解決には核融合派ですが将来を見すえると、対消滅派の方が、日本人としての誇りも保てて平和への武器ともなり、利点も多いとの意見が強い。総理は消滅派でもある。しかしやはり両方とも力を入れるべきかもしれませんな！」

曽我老人はそう発言して席を立った。

その後、クエーサーの存在についての議論が学者同士で交わされたが、会議は曽我老人の退出をもって終了となった。政府関係者は事務方の若い官僚ばかりで、学者も各博士の弟子たちである若い学者が多く残り、その場は彼らが意見交換する場になってしまっていた。

（10）

菅原翔太が政治家となり、総理になっていく道は早かった。

曽我老人に説得されて後、彼は仕事をすこし減らしながらだが、夜間の大学に行き、政治学を学んだ。そして大学を卒業してすぐ衆院選に立候補した。その時に掲げた政策が、多数決は最後の手段、議員は意見の一致を作り出すのが仕事。討論ではなく「和論」をすることで国内の意見を統一するというものだった。

その為に、常日頃より、議論をしっかりやり、同時に自分の意見をあくまで通そうとするのではなく、各自が意見を統一させる努力をする。

その具体的な提案として、次のようなものを掲げていた。

（一）会議の目的を全員で確認。
（二）目的達成する為の費用、人員、期間、損失と利益などを視点をかえて幾通りのものを作り、全員に事前に渡す。情報の共有。
（三）意見の発表の保障。
（四）意見の共通点と相違点を整理し明らかにする。
（五）整理された意見の相違を埋め、統一の意見を作る努力。
（六）最後まで残る相違点を決定するのは会議出席者全員の意志で、国民投票で決めるという時もあり、会議の長一人が判断し、決める時もあり、長が神の意志を聞く時もある。

以上のようなものである。初めは多くの議員からさんざん叩かれた。

「意見を統一するなんて、とても無理。理想を掲げても、それでは政治は動かない」

などと言われ、国民もそれに同調する人が多かった。しかし、学生と女性労働者が声を挙げた。

「意見の違いをそのままにしていると、結局は戦争か平和かの道に進んでも、力あるものが突っ走ってしまう。戦争になるんだったら意見を統一する苦労の方がましでその努力はするべき」

と言う声だった。

そんな中である保守系の議員が、菅原翔太に向けて発した質問があった。それは、

「今問題になっている海外派兵もできる軍隊として、自衛隊を変えていくのか、今のままあくまで自

衛権の行使のみの自衛隊にとどまらせるのか。具体的にはどちらなのか」

それに対し、きっぱりと言った。

「自分の意見は今までの自衛隊のままでいいと思っている。何故か。本当は自分自身だけの問題なら軍備もしないで素手でいたい。その代わり、何かあったら死がすぐそばにある。余程腹を据えなければならないし、死を覚悟してかからなければならない。ただこれを国民全体に押しつけていいかどうか、今は解らないので、これまで通り最低限の自衛部隊を認めるという立場です。逆に軍隊にして海外派兵を推進と言う人は、どの年代でも、年寄りでも、自らが銃を持って戦地に行くことを誓うべきである。何故なら海外派兵というのは、誰かに死んで任務を果たしてくれと言うようなもの。人に死を迫る人は己の命ははなからないものと考えるべきだ。どんな人にも発言の権利はあるが、それには責任が伴っているべきである。

自分は武器は持たずに闘いたいが、これは自分の考えである。でも最低限の武器は持っていた方がいいと思う人もいる。ここは討論して一番強い意見に従わせるのではなく、和論によって、国民の総意が実現できることが大切だと思っている」

このようなコメントを様々なところで展開するうち、国民の支持が急速に高まっていった。同時に海外派兵を声高に言う人が少なくなった。

菅原翔太は東京のある選挙区でトップ当選を果たすことになり、マスコミはその発言の一つ一つを取り上げていった。そして同調する若者も日に日に増していった。

特に彼の本職が鳶職で体格が立派で、鷹揚な態度、それでいて優しいところもある、と人気が上がっていった。特に若い女の子から絶大な人気があった。女の子たちの評価は正直で、肝《きも》が据《す》わっているのが一番というものであった。

当選後、彼がすぐに取り組んだのが、道路交通法の改正だった。路上での荷物の積み下ろし作業の際に運転手が安心して作業できるよう、法律の一部を改訂したのだ。

もう一つ、都心寄りの郊外に荷物専用の車にのみ許される仮眠できる駐車場の設置を主張し、それを実現していった。それは多摩川、荒川の河川敷を時間で解放する形で、あまり予算措置の必要がないものであった。その他様々な形で荷物専用の駐車場が作られた。長距離運転手は、高速道路に乗ることも多いが、そうでない車も多く、都内で過重労働に携わる人々から大歓迎された。その中に多くの外国人労働者が存在していたこともあり、要求は意外とスムースに実現したと言われていた。

それから再び選挙が行なわれようとした時、各党から若手議員が菅原翔太と一緒にやりたいと集まってきて、それが100人を超す数となっていた。そして次の衆議院選挙の時、菅原は「田舎のバーチャン、ジッチャンの為に地方の交通手段は国が何とかする必要がある。車のない人は生活できないのであれば、行政は税を取ってはならないだろう。地方自治体と協力して、いろいろ工夫して、住民の足を確保することを政策の柱にする」と公約を掲げた。また、その中には空飛ぶ自動車の製造と積極的運用も含まれていた。菅原翔太の政策に共感して集まった議員の数は150人を超えていた。しかも自主党から公民党、民自党、社自党、共有党、生活の党の他、少数政党の中には党ごと身を寄せるところもあった。

同時に若者グループが自分たちの代表という形で立候補者を探し、多くの議員を国会に送り、各グループが応援するという形が生まれた。

ただ菅原翔太は、自分の党を作っての活動はしたくなかった。数が力となっては良くないと考えていたからだ。その為、彼は政党を結成することはなかった。彼は、

「討論で、自分の意見が良いと主張するだけではなく、様々な意見、皆の意見を常に一つにまとめる努力が必要。一つにまとめるには基準がなくてはならない。それは公平、平等、公正の心を十分発揮することだと思う。しかし、それでも意見の統一ができないこともある。その時意見を集約し、できれば二つくらいにまとめる。埋められない意見がある時は、そこで投票で決をとることもあり、１人の責任者議長や座長に委ねることもあり」

と言う意見に賛同する者は菅原の仲間として活動できると公表していた。

その結果、菅原翔太をリーダーにと望む議員が衆議院の中で３００人を超えてしまった。

そして、多くの国民も含め菅原翔太に国を任そうと言う者が圧倒的な勢いになった。

そして、とうとう首班指名により、総理になってしまった。

政治に新風を巻き起こした菅原翔太の特集が各メディアで組まれ、一種のブームがやって来ていた。

そこまではあっという間であったが、思わぬところから問題が噴出した。

それは、

「菅原総理は2人の女性と親しくしている‼　2人とも菅原グループの一員‼」

という見出しで、スキャンダラスに報じた週刊誌が発売されたのだ。中に2人の女性の写真まで載っていた。

この報道が出て以降、新聞、テレビはもちろん、インターネットのニュースサイトやSNS上でも報道が過熱していった。

当然のごとく、菅原総理に取材の申し込みが殺到した。

しかし、総理は暫く取材に対応することはなかった。

取材を断る時に、

『今回の件での関係者に迷惑をおかけしてしまうので、先に関係者に話を通しております。今暫く時間をください」

と言っていた。

そもそもこの問題が大きくなっていったのは、菅原総理に配偶者をと思っている議員の一言からだった。

菅原翔太に結婚を勧めていた議員に、

「ありがとうございます。意中の人はいます。だけど決めかねています」

と答えたのを、

「決めかねていると言うのは候補が2人以上いるということですか？」

と議員は返した。

この時の2人の会話が洩れて、週刊誌がこれをキャッチして、週刊誌らしいやり方で報道した。その結果であった。

総理はこの問題で会見を行なうことにした。

広い会見室にはテレビ局をはじめ、ラジオ局や新聞社、雑誌社などのカメラが所狭しと並べられ、総理を待っていた。

会場がざわついたところで、菅原翔太総理と仲間の議員が一緒に会見室に入ってきた。この議員は週刊誌にリークしたと言われている議員で、半ば強引に同席してきた。

そして、その後に菅原総理を支える、秘書となった曽我老人が席に着いた。

菅原翔太が総理に選出されてから、直後に菅原自身が頼みこんで秘書となって貰ったのだ。

3人が会場に入ってきた時、一斉にフラッシュが焚かれ、会場に緊張が走った。記者をはじめカメラマンや、そこに集まった議員たちまでが背すじを伸ばすようにして、何故か畏まる姿勢になっていた。

曽我秘書がマイクを右手で握りながら、初めに声を発した。

「皆様、本日は総理の求めに応じて、お集まりいただきありがとうございます。総理はすべての質問に答えていきたいと言っております。しかし際限なくとはいかないので、お互いに要領良くあまり重複せず進めてください。それでは最初の質問者、週刊時事の方からお願いします。お宅の記事が騒ぎの発端ですから」

「ハイ。恐縮です。私共はやはり総理が独身でいらっしゃることは国際的にも見栄えも悪く、誰かお相手が見つかればいいなと、常に考えていました。そこにもってきて、官邸会見室のお二人のお話を聞いてしまいました。記者の常として、すこしスキャンダラスに書いておりますが、誤りがあれば率直にお詫びして、訂正記事をキチンと書くつもりです。そこでお聞きしたいと思います。総理は好きな女性が2人もいると、発言していたとのことですが、これは本当ですか」

「ちょっとすみません。総理がお答えする前に私に先に発言させてください。この話を週刊誌にリークしたと言われている橋本です。初めに、総理、誠にすみません。私の声が大きかっただけに、総理に大変御迷惑をかけてしまいました。私は天地神明に誓って週刊誌にも新聞、テレビなど、どこにもリークした覚えはありません。そのうえで週刊時事の方に一言申し上げたい。盗み聞きしたうえで勝手な想像で記事を書くべきではない。結婚をして貰いたいという私の願いも、それに対する答えも、全く違った形で書かれている。ふざけている。

だが今は私の不注意でこんなことになったことを総理に詫びるのみです。総理！　本当にすみませんでした。申し訳ありませんでした。そして一番大事な点ですが、好きな女性が2人以上いるのですかと聞いたのは私です。総理は2人いるとは言ってません。ここだけははっきりと申し上げておきます」

橋本議員は恐縮するように着席した。その後菅原総理が手を挙げ立ち上がった。

「橋本議員御配慮ありがとうございます。これは貴男のせいではありません。私がいろいろ知らないことが多く、対応が良くないからです。私は橋本議員の問いに対しそれに近い話と、答えていました。ただ誤解のないように聞いてください。2人のうち1人の方、写真Bの方とは結婚しようと考えるようになっていました。しかし、もう1人の女性は幼い頃から近くにいた女性で、成長をずっと見守ってきた女性です。私の鳶職時代の大先輩の娘さんでもあります。この娘《こ》が高校生ぐらいまではよく会っていて、我が家で一緒に食事をしたりしていました。いわゆる幼馴染です。この娘《こ》は冗談か本気かよく解らないのですが、『私はお兄ちゃんと結婚するんだ！』と口癖のように言っていました。自分も子供の頃はそんな気分になっていた時もありました。ところがこの娘《こ》は柔道の道に進み頑張っていました。私も大学へ行ったり、政治の道に入っていったりと、お互い何年も会って話すこともなくなっていました。

今、私は政治家として歩み出しましたが、今回のようなことがあり迷惑をかけてはならないと思い、この女性と会って率直に話しました。

橋本議員から『2人いるのか』と問われた時にきちんと否定すべきだったのですが、すこしあいまいにしてしまいました。それはこの女性との間で納得できる話をきちんとしていなかったからです。

彼女の話では、彼女には好きな男性がいるとのことでした。現在は片思いの段階で公《おおやけ》には口に出していないとのこと。そして、このことを私に話しておこうと思ったところで週刊誌の報道が出て、正直気分も悪かったとのことです。だから今回会って率直な話ができて良かったと言っていました。私も同じような気持ちです。彼女には平謝りです。以上が真相です。週刊時事の方にはきちんと承知しておいていただきたい。そして要望ですが、先ほど、記者の常として記事をスキャンダラスに書くと軽く言われましたが、それにより迷惑を被る人も多々出るのではと考えています。この点御配慮をもっと広く行き届くようお願い致します」

菅原総理が着席したところで会場のいたるところで手が挙がった。曽我秘書が、

「それでは週刊時事の質問にダブラないと言っておられる朝夕新聞の方の質問をどうぞ。ここでの順番はとやかく言わないでください」

と言いながら着席した。

マスコミ関係者は曽我老人の発言には神経を集中して聞くが、多くの場合、彼の言うこと、やることに納得し、文句を言ったり、反論したりすることはなかった。

そして朝夕新聞の編集局長という人物が立ち上がった。

「朝夕の北川です。総理は同時に2人の女性を好きになったということを、御自身も言われるようにはっきり否定せず、わざわざ恥を晒すようなことを公《おおやけ》にしているように見えます。何か意図があってのことですか？　それとも何も考えずの発言ですか‼」

「真剣に考えてのものです」

「そうだとすると大変不用意な発言としか言えません。国際関係の中では、不用意な発言は命取りになります。どうか、我々の期待を裏切ることのないように願っています」

「ありがとうございます。今回、己の気持ちに素直になり切れなかったことが悔やまれます。妹のような存在の女《ひと》が週刊誌により急に大人の女性になり現われたことに追いつけないでいたこと。それがあいまいさを残したと思います。本当にいろいろなことで勉強になりました」

この後も総理への質問は続いたが、基本的には週刊時事、朝夕新聞の質問のどちらかの質問が繰り返されていた。そして、それぞれの質問に丁寧に答える総理の態度が、非常に誠実に見え、質問者たちの意欲を削いだのか、時間より早く会見は終わった。

会見が終わってからのマスコミ報道は全体にスキャンダラスなトーンが下がり、総理のお相手の人ではないかとする女性を追っていた。

そんな中で週刊時事はすこし違った形で記事をまとめていた。

それは総理が幼馴染と言っていた女性のことで、周辺の人々に取材し、幼少の頃から高校生までの成長ぶりを丁寧に記事にしていた。そして彼女の片思いの男性を突き止めていた。

それは諏訪健吾という男性だった。そう、かつての不良グループのリーダーで、菅原翔太のライバルであり、親友となった人物であった。

総理の幼馴染の女性は富田菊江と言って、鳶職人たちの中でも有名な頭《かしら》の娘である。

この頭《かしら》は菅原翔太の鳶時代の先輩であり、親方とその弟子という関係でもあった。

富田の頭は自分の娘を菅原翔太の嫁にと考えていたが、翔太の器の大きさを感じ、その希望を口にはしなかった。

諏訪は親友の恋人に手を出すつもりはなかったが、菊江から何度か恋文を受け取っていた。そこで諏訪は直接会って、きっぱりと断ろうと考えた。諏訪も菅原翔太のそばにいた菊江のことをよく憶えていた。その頃は中学1年生くらいだった。

大人になった菊江に会って諏訪は衝撃を受けた。

色黒で牛蒡《ごぼう》のような女の子で、元気が良すぎる女の子というイメージを持っていた。

それが現われた女性は色白で、つり上がった切れ長の眼が印象的な、背の高い女《ひと》であった。恐らく170㎝以上はあるだろう体に、長い手足、そして左右の胸鎖乳突筋が全身の筋肉の強さを象徴するかのごとく、伸びやかに躍動していた。

銀座のビルの4階にある本格的なバーで2人は会った。もちろん諏訪の指定であり、彼のグループの一人の父親のビルとのことで、大事な友人、知人と会う時に使っていた。

店に入ってくるなり明るい声で菊江は、

「コンバンハ!! 諏訪さんを尋ねてきました」

と言い、頭を下げた。

店の人に案内され、諏訪の待つ席へ。

諏訪は席の前で立っていて、菊江を迎えた。

諏訪にとって初めての衝撃であった。もちろん過去の菊江を知っている為か、その変貌ぶりに驚い

てると考えていた。しかし、「手紙、ありがとな。返事は書かなかった。翔太のことが好きだと言ってたはずだ。だからだ。翔太には俺からきちんと話す。手紙の返事も書く」

と興奮気味な自分を抑えられないまま言葉を発していた。既に心が違っていた。

諏訪は己が今、翔太のことも他の友人、知人のことも忘れ去り、この道へ向かわねばという念《おもい》がふつふつと沸き起こっているのを制止できないでいた。

週刊時事はこれらの経緯《いきさつ》をスキャンダラスなところを作らず、見守るように書いていた。

そして終わりの部分でいろいろ謝罪した後、

「我々の記事により発した騒ぎにより、総理をはじめ親友の方、幼馴染の女《ひと》のそれぞれの相手への思いやりや気遣いをブルドーザーで踏み躙ってしまうことになってしまった。今回の取材で国民の営《いとな》みの一つ一つが尊く、圧倒されてしまうこともあった。週刊誌の役割であるかどうかはともかく、スキャンダラスに書くよりも人を肯定的に見つめ、素直に記事を書くことも許される時代の到来と考えている」

とあった。

週刊時事はかつてなく売れたと言われる。

(11)

宇宙旅行が現実的になるに従って、ロボット製作はますます激しくなりだした。日本のロボット産業は外貨を稼ぐ旗頭になってきていた。

自動車産業は電気自動車と水素ガスが主流になってきて、自動車産業全体の衰えを補っていた。その代わりに石油産業がふるわない状態で、世界の勢力図も違ってきていた。中東の石油大国が没落し、アフリカのメタル資源国が発展してきていた。

世界の勢力図は、アメリカの変化で大きく変わった。アメリカは第2次世界大戦前に行なっていた孤立主義的な政策をとり出していた。

といっても、かつての同盟国に対しての不干渉が中心で、ロシアや中国などの大国に対しては常に強力な軍事力を背景に牽制を強めていた。そのことから世界の軍事的緊張は高まっていた。

日本もアメリカとの同盟関係を維持はしつつも、自国の軍事力の充実を図っていた。というより、日米安保条約もアメリカの孤立主義により変質してきたと見るべきだろう。

平成の時代に中国が尖閣諸島の領有を主張して艦隊による軍事行動に出たことがあった。その時、日本は独自に艦隊を編制するとともに、ベトナム、フィリピンそしてオーストラリアをも味方につけた。そしてアメリカ第七艦隊の出動要請をし、アメリカもそれに応じてきた。

そのことがあっても中国の艦隊は暫くの間は尖閣諸島近くの公海上スレスレのところに居座り続けていた。

それもアメリカの艦隊が東シナ海に到着した頃には、中国艦隊は引き揚げ、衝突は避けられた。

そのことがあってからの日本国民は軍事に寛容になっていた。尖閣諸島の問題だけでなく、竹島問題も含め、日本の様々な島に対し領有を主張する国が現われたり、中東からアフガニスタンやさらに中央アジアの国々の中で紛争が起こった。アフリカでも資源開発とその奪い合いの紛争が起こり、そしてヨーロッパ諸国が大きく揺れ、あちこちで紛争が起こっていた。

これらの国際情勢はテレビやインターネットなどを通じて直接に入手できる。この混沌とした情勢が身近になればなるほど、軍事防衛の必要性を訴える議員が増えていった。

一方で、それに反対する議員は盛んに戦争からは何も生まれない、人の命こそが一番大切と訴えていた。この両者を代表する意見のぶつかり議論が国中で行なわれた。

その一方、国内では外国からの移民の人々が、平等を訴えて事件を起こすことが多くなっていた。

これらのことが背景になって、警察の中にアンドロイドのロボットによる実戦軍団が生まれることになり、次いで、自衛隊がロボット実戦部隊を大幅に増加させていった。

これらのロボットはこれまでのアンドロイド型ロボットとは異なり、人工知能（ＡＩ）を極端に戦闘の為に特化させたものにした。それはロボットの進化がすさまじく、ＡＩの発達は将来かならず人類に危機をもたらす、と言われてきた。そのことを危惧してＡＩも部分的にすることを決めたのである。

　これを進める菅原内閣には戦闘ロボットの生産＝軍国主義というレッテルを貼る議員や、マスコミがあった。しかしそれは正確には間違いであった。菅原内閣は武器拡大については消極的であった。というより総理は外交努力で解決していきたいと願っているが、それで効《ききめ》を発揮できるかどうか解らない。と言い、防衛委員会にて徹底議論をするという形をとった。そしてそこでの結論を尊重して、その政策を実行すると答弁し、その通りに事態は進んでいた。

　戦闘ロボットの人工知能（ＡＩ）の開発や、ロボットそのものの開発にあたり、そのすべての技術は機密事項とされた。

　この戦闘ロボットに係わる機密事項を守る為には多くの省庁に関係する事項があり、内閣は、公務員法一般をすこし厳しいものにする法律を提出した。

　それは「公務とは」という根本の定義から考え直されていた。そして国家という概念は国民という概念と切り離して考えてはならないことを言っている。

　これは国民と国家の利益が反するような事態が起きる、と言う多くの議員からの意見に対しての答えである。とのことで出された。その具体例として、国家と国民が土地の立ち退きなどで対立関係となるが、この対立は国民に対し、立ち退きを迫る国の機関、省庁があるはずで、具体的には何省と国民の対立と言うべきであり、こういう時に国家と言う言葉は使ってはならないとした。そして何故そこを立ち退かせるかを明確にし、それを実行する機関を明らかにし、そこでの責任者を明らかにしなければならないとした。

要するに行政上の責任が常に明らかになるように一番下の部門までの責任者を明らかにしたのである。

国家と国民の対立ではなく、行政と国民の対立であり、行政側はむしろ個人責任をもつ形を形成していった。

「国家」と言う時は「国民」と同義になる使い方をしなければならない。と決められたのだ。そしてそのうえで「公務とは」を定義していた。

それは字義的に、八は背く義で、ムは私の本字で、元々公は私利に背くことで、己の利より己以外の集団の利を先にすることから出発している。と言い、

「公務員は、行政執行者としての役割とその権限を与えられる形となり、そこに大きな権力が生まれる。その権力は国民の負託によるもの。よってその責任も大きく、国民一般の人より不正に対しての罪は大きく罰も大きくなる」

とされた。要するに一般の人は1円盗んでも窃盗犯として罰せられる。公務員の場合、鉛筆1本くすねても、大罪となるよう法が決められた。公務員の犯罪が多くなり、国民が公務員を全く信用ならないものという風潮が広がっていたからである。

数年前に科学技巧庁の役人を中心とする霞ヶ関の役人の数人の集団が、ロボットを使った銀行強盗を行なったことがあった。彼らは自らの身分をエリート中のエリートと自負し、うるさく言う国民に

は制裁を加えるなどと言い放っていたグループであった。

この時警察がくり出したロボット軍団は、少数だが非常に進んだ頭脳を有していた。だから銀行強盗側のロボット軍団はすぐ壊滅させられると、警察幹部は余裕で記者会見をして述べていた。強盗側のロボット軍団は原始的で、破壊することに特化したロボットだった。だから多くの識者はじめ警察幹部やマスコミ各社の幹部は警察の言う通りになると考えていた。しかし、実際は警察のロボット軍団が壊滅させられてしまった。そして暴走した銀行強盗の側のロボットが銀行内にいた人間を次々に殺し、周囲のビルにいた人々をも巻き込み、多くの民間人を殺戮していった。このロボット軍団は強盗を企てた科学技巧庁の役人や他の省庁の人間も見境なく殺した。警察が１０００人の特殊訓練を受けている警察官を動員してこのロボットの破壊に向かわせたが、逆に多くの犠牲者を多く出す結果となった。政府は軍隊の出動を要請したが、軍はこのような事案には出動できないと、防衛省の幹部の発言によって出動できずにいた。

これには極めて政治的な狙いがあった。それは菅原内閣が、防衛費の削減を進めたり、公務員の地位を法的に一段と厳しいものにしてきていることもあった。

警察も実際に犠牲者を多く出していることもあり、ここまで来たらロボット軍団を失っている警察は役目を果たせないと幹部が発言し、事態の収拾に消極的になっていた。この事態に対し菅原内閣に抗議が殺到していた。

実は菅原内閣はこの時までに民間防衛組織を町内会や商店会を通じて作っていた。そこには菅原の元の仲間である鳶職の人を中心に建築関係者やスポーツ選手、そして警察官、自衛官までもが集まっていた。若者は真剣に国の有様《ありよう》を変えようとしていた。ただし、人数はまだ多くはなかった。

この民間防衛組織に武器装備を持たせ、ロボット軍団に向かわせた。

その結果、強盗軍団のロボットも、それを操っていた役人の一団もことごとく捕えられた。

この事件を契機に、国民と公務員との法的な差を怒りをもって抗議する若者や年寄りら国民が目立って多くなってきた。やはり平成の時のことだが、役人や政治家が公金を使っても〝不適切〟と言う言葉で片づけられていたが、国民が1円を搾取しても窃盗罪となり警察に連行される。この差に国民の怒りが爆発寸前まで高まっていた。それが極限まできていたのだ。菅原内閣は、この怒りを背景にして公務員に対する法律をより厳しくしていった。

それは公務員の倫理感の向上を狙ったのはもちろんのこと、人工知能を身に付けたロボットを制御する為の手立ての一歩としてでもあった。

人工知能の発展は２０２０年ですでに、人間の知能の10倍以上になっていると考えられていた。

２０１５年の段階で将棋や囲碁もコンピューターが勝利を収めている。

コンピューターの人工知能は、1年で急速かつ飛躍的な進化をとげている。その真価はねずみ算式に発展していると言われる。

そしてロボットを使うはずの人間が悪事を働こうとすると、何故かロボットの反逆が起きるとも言われていた。

（12）

銀行強盗を引き起こした役人グループは、一人一人が大変優秀な科学者であり、これからの日本国家にとってなくてはならない存在という新聞、テレビの報道が盛んに流れた。そして国民の中には減刑運動を！　という声まで上がっていた。

そういう中で、主犯格の男は弁護士を通じて「声明」という形で自分たちの主張を述べることになった。

それによると、

（一）銀行が今の社会を混乱させている。
（二）銀行に押し入ったが、強盗ではない。制裁である。
（三）銀行は政府直轄の銀行のみにするか、あるいは逆に誰でもが銀行業務ができる形に変えること。
（四）銀行は金利を取れるのは、担保を取らなかった時のみで、担保を取るか利子を取るか。どちらか一つにしなければならない。

などというものであった。

この声明に国民は役人たちの信条を捉えかねていた。言っていることと、行動の隔りが大きすぎるからでもあるが、銀行が何故悪いのかを理解しかねていた。そして銀行側が逆に役人たちの腐敗をあからさまに言い出した。

それは次のようなものだ。

（一）役人は自分たちの保身だけで、国家や国民の利益を考えていない。消極的な役人と解ったら解雇。

（二）役人は政策決定による実行権が与えられているが、責任を持たなくていいようになっている実行権とその責任をセットで行なう事。

（三）すべての役人の個人としての責任を明らかにするシステムを作る事。

以上のような、あまり過激な要求ではないが、国民の多くの人にも支持されていた。

銀行と役人たちが対立していることが、国民には理解できなかった。表面だけを見ていても解らないが、その奥の方や裏側では国庫の主導権をどちらが握るかの暗闇が以前からくりひろげられていた。

それまでは銀行と国の行政機関との間には蜜月の関係が続いていた。それが役人、官僚が国民やマスコミから徹底的に叩かれた事があった。そして官僚のなり手が激減し、官僚組織の弱体が進んだ時がある。その時日本銀行ＯＢと銀行協会の指導者グループが、国庫の機能のほとんどの部分を握ってしまったのだ。

しかし、国民はすべてを理解するのが難しくても、上に立つものが己の利益の為いろいろ行なっているのだろうという感じを持ってはいた。

(13)

国防会議分科会、「セクション1(section one)」と銘うった会議が進行していた。座長には菅原総理自らが座っていた。その意図することは、他国からの侵略を受けた場合、どのように対処するか。その基本思想の構築である。

菅原総理は若い頃より合気道を習っていて、その師匠は広澤正信と言う師範である。広澤氏は合気道の創始者でもある植芝盛平翁の最後の内弟子であり、植芝盛平翁が完成させた合気道の奥儀のすべてを引き継いでいる人物であった。

その広澤氏の真名弟子になる人物で、東北大学の教授の藤川という者が、「セクション1」の一員として参加していた。

それは菅原総理の考えの中に合気道の精神があるからだ。

合気道の中には「絶対不敗」という言葉がある。これは他者に負けない為にはどうするかということを追究した結果考え出されたもので、植芝盛平翁の武の到達点でもある。

そしてその答えは、絶対不敗の為には絶対に何物とも争わぬこと、というものであった。空手の師範からよくこのことを教わった。

絶対に争わぬとなると、武道家をやめねばならない。武道は元々が「戈《ほこ》を止《とど》む」という意から作られたものである。今の言葉に代えて言うなら、「暴力を止む」役割である。

暴力を止む為には、暴力をふるう者に立ち向かい、闘わなければならなくなる。だから、絶対に争わぬと言っても、それは不可能なことで、これは矛盾としか思えないとの批判もあった。しかし、争わぬというのは相手をしないということではなく、相手が力でこちらを押さえようとするのに対し、こちらはそれに対抗して力でもって相手の攻撃をかわし、撃退させようとしないことである。

しかし、相手はそうしようとしている。その相手のやり方を、絶対に武力をもって争わないという心をもって迎え入れることなのだ。その時、宇宙の力（自然の力）は呼吸している。その呼吸に合わせて、吸う息で相手を迎え入れ相手の心と一体となり、吐く（呼）息で導き、相手の戦意を喪失することなのだ。

植芝盛平翁から広澤正信師範に伝わり、彼らから学んで来た菅原総理は、この絶対不敗の道を政治の中に取り入れ、合気道の精神で立ち向かおうとしていたのである。

しかし当然のごとく、政治の現実は合気道の精神でまかなえるものではなく、もっとどろどろした汚いものだとする意見が、大勢を占めていた。

しかも、これからの闘いが人の心に訴えられるものではない形になっている現実があるのだ。それは現代の闘いの最前線はほとんどロボット軍団同士の闘いという事もあるからである。

このような背景があって、菅原総理は日本国の防衛思想を統一認識とできればと考えていた。だから防衛省の事務次官をはじめ各省庁の事務次官が集められた。この時の各省庁の事務次官は若くて優秀な者に代わっていた。そしてもちろん防衛大臣と警察庁長官も参加していた。

マスコミ各社の責任者や担当者が国民の知る権利を担って参加していた。

そしてオブザーバーの形で惑星移住計画の推進を行なっている、東大の藤田博士、京大の森川博士はじめ、反物質と常物質による対消滅を行なう事でエネルギー確保を進めている石原、広瀬博士らも参加していた。東北大の藤川博士は石原、広瀬博士のグループに属し合気の精神でこの研究を続けていた。


「セクション1」の会議は国会の委員会室で行なわれた。

最初に菅原総理がこの会議の目的を述べることになった。

司会は曽我秘書が担当した。

曽我秘書は100歳を超える高齢にもかかわらず足腰はしっかりしており、声にも張りがあり、頭脳も明晰であった。

「本日はお集まりいただきまして誠にありがとうございます。初めに申し上げなければならないことがございます。事務的なことでありますが、今日の出席者には弁当や飲み物は出ますが、それ以外のものは何も出ません。日本国を心配される人々の集まりとして、この会議は無私の気持ちで参加して貰いたいとの総理の考えで参加を呼びかけ、それに応じて参加された方々が今日ここにお集まりの皆様です。会議の目的は国の防衛は如何にするべきかを、現実をふまえて考えようとするものです。我が国には憲法9条があります。一方で安全保障関連法をはじめ、各種安保法制により、自衛手段の不自由さが解消されました。今のこの形で将来もやっていくのか、あるいは9条のくびきから放たれ、戦争をしても自国の尊厳や利益を守ることを選ぶのか。あるいは他に道があるのかを議論していただきたい。そして今日の会議も『和論』となるよう、意見が統一されるよう皆様の努力をお願いしたい。ただ、己の意見、主張を控《ひか》える必要はない。主張はいくらでもやって、それぞれの意見の同じ部分と違う部分を明らかにし、最後に残ってしまう意見の違いは、別にどうするか考えるという手順にて進めたいと考えます」

最近では「和論」という言葉が国民の中にも流布され、様々な会議においても採用されることが多くなってきていた。しかしこれを良しとする者ばかりではない。

さっそくオブザーバーの席から、

「『和論』と決めつけないで、自由な発言を保障してください。議長！　お願いします」

との声が飛んだ。それに対し、曽我老人が、

「和論の意を誤解して捉えていませんか？　和論は意見の統一を前提にしております。しかし、同時

に資料の共有、意見発表の自由があります。そして意見の違いを明らかにし、その違いを埋める努力をもする。このそれぞれの過程は意見の統一のプロセスであり、ここに知恵があると、わしは思っている。自由な発言を保障しろと言いますが、どう言うことでしょう」

「和論というのは、結局妥協しろと言うものでしょう。下手な妥協をすれば、戦には勝てないし、無意味になる。意見を闘わせたら、後は多数決で決していくことが大事。強い心をもった人の意見が採用されるようなシステムに変える必要がある。国防は強い心、強い力が必要なのです」

「貴男の意見は多数決で決まる意見がいい意見と聞こえるし、少数意見を初めから無視しているように聞こえるのだが……」

曽我秘書がすこし強い口調で言った。

「少数意見を認めていたら収拾つかなくなりますよ」

主主義の面倒な部分にいやけがさして、独裁になっていきますよ。平成、令和の時代、すこし世の中が民主主義の面倒な部分にいやけがさして、そのような動きもありました。しかし国民はその方向を許さず、憲法9条も放棄せず守り続けています。国を守るというのは指揮系統が1本の筋のように貫き通っている方がいい。命令が届くのに時間もかかりにくくなる。だから独裁を望む人たちもいる。だがそこは勘違いですぞ。軍の指揮命令は1本すっと通っている。これを変えようとしている訳ではない。国民の統合という事も必要で、和論はなかなかすぐれた会議の場となっていると思うが…。どうかな和論のやり方で行きたいが、他の人で意見のあるは……」

曽我老人の言葉に反応するように、オブザーバー席の後ろの方から若者の声が上がった。

「和論は統一の為の議論をしようとしています。討論はどうしても分裂の芽を作り出します。意見の違いを際立たせるからです。その後はどちらが強いかです。強い弱いだけならいいのですが、これが、要するに意見の違いから命のやりとりに行ってしまうことがあります。これは馬鹿げております。対立して相手憎しになると人はどうしても相手を徹底的にやっつけてしまう。和論は互いの論を見つめ合い、自分と同じところと違うところを見分ける作業があります。これがいいと思います」

若者はそこまで言って座したが、それを引き継ぐように別の若者が、手を挙げて立ち上がった。

「和論は競い合うことを否定しているという批判がありますが、そうではないと思います。競い合うというのは人間が成長する過程でとても大切な営みだと思います。和論の中では第3項のところに意見の発表の保障というものがあります。これに基づいて、行なえばいいのでは？　意見を統一させようとする努力が必要で、そこには相手の立場に立って考えなければ、統一はとても無理です。討論はどうしても対立が生まれる。それを冷静に処理できるうちはいいけれど、勝《か》ち、負《ま》けをはっきりさせようとします。それが目的にもなってしまう」

和論については年配の人ほど、理解が遅い傾向にあったが、若者の中で反対を表明する者もいる。

その一例に、

「和論は意見を統一できない時に、そこの長一人が決めることになる。これは独裁に繋がっていく。世界は民主主義で統一されていくべきである。独裁は一時的に経済や政治がうまくいく場合もある。

しかし結局は一人一人の人権が踏み躙られ、力による支配が強まり、国民は虐げられる。民主主義にも弱点はあるが直していける」

「和論は民主主義を発展させる為のもの。多数決で事を決めることの弊害を和らげる働きがある。和論を追究しても独裁にはなりにくい」

と言う意見が出された。さらに、やはり若者の中で反対する者が手を挙げた。

「私は和論はいろいろいいところがあると思います。しかし、人は自分の意見をすぐ引っこめません。自分の主張をいかに社会に認めて貰えるかで、己の存在価値が決まってきます。人間社会は人間の業《ごう》のぶつかり合いでしょう。和論はこれを変えてしまおうというものです。エネルギーのいることです。どうしても理想を追い求めているだけのように思えてしまうのです。

だからもう一つ真剣に取り組めないのです」

この青年は菅原総理誕生の時は一生懸命働いた一人である。

この後、若い女性が手を挙げた。

「私も和論というものが自分の主張する意見を持ち続けられないと感じています。何か妥協が先にあって、自分の意見は取るに足らないものになるのです。和論はどうしても弱いというイメージが先にあります。だから何かあった時が心配です」

会場はすこしざわつきだしていた。それは会議の目的が違う方向に行っていることへの苛立ちの声が主であった。

司会を務めている曽我秘書が立ち上がり、

「すみません。議題の目的からすこしずれているとの声が飛んでいました。確かにその通りです。しかし和論の理解はより深まった方がいいとも考えます。和論の是非を論じる場ではないので、国をどう守るかの議題で話を進めさせていただきます。ただ国を守るうえで和論が邪魔だとか障害になるという意見の方《かた》が居られる場合、この問題はもうすこし深まってもいいと考えます。だから、多少歩みが遅くなっても、このまま進めていこうと考えます。よろしいでしょうか。

ここでご意見のある方……」

と言ったところで総理がすーっと手を挙げた。司会者の「総理！」との声で立ち上がった。

「皆様、まず私の考えを聞いてください。そして私の意見のおかしいと感じるところがあったらどんどん修正意見を出してください。

私は合気道の考えから、国を守るというのは全く闘わないという姿勢を前面に出し、お互いが良くなることを打ち出すことと考えています。しかし実際のところでは戦闘になるということは武器を持ったものが我々に向かってきて、殺戮を行ないます。合気の達人ならば、この向かってくる者を導いて戦わないようにできますが、一般の人々にはそれは難しいことです。だから、国民の覚悟を高めることが重要となるのです。国民に死を覚悟し、正義を貫くようにと勧めても納得する人がどれほどいるか？　したがって、最前線に立つのは公務員の皆様にやって貰うようにする。それは防衛省、警察庁の人々を先頭に、すべての官庁の人々にその任を負って貰います。ただ、これが上手にいくか解はまだ解りません。最初は合気道の精神を100%前面に出して行こうと考えていましたが、現代は最前線にはロボットが配置され、合気道の技としての相手の心を導くということが難しくなってきています。ということは国民への犠牲が大きくなります。ここで我々の内部で出てきた考えが、核抑止力です。核を持っているだけで北朝鮮は長い間、自分たちの政権を維持できたのは事実です。しかし、日本国民は核に対する考えは被爆国として他の国々よりずっと厳しく、また核の惨たらしい面を知っており、アレルギー反応すら起こします。だから核兵器は使いたくありませんし、使えません。そこでそれに変わるものとして惨たらしくない、核と同じようにあるいは核以上に強力かつ最終兵器的なものはないかを考えてきた人がいます。この兵器を持つ事で他は警察の防衛能力にとどめます。この兵器は抑止力の為の兵器です。まずはこの方の話を聞いてください。その後、この兵器の是非を含め防衛の在り方を根本から見つめ直したいと思います。よろしくお願い致します」

菅原総理の話が終わる前から場内にざわめきが起きていたが、それは総理の口から核抑止の話が飛び出したことからのものである。

同時に核に代わる強力な最終兵器の話が出てきたのだ。そして菅原総理に「この方」と言われて立ち上がったのが広瀬博士であった。

「皆さん、初めにお断りしておきますが、私を含め、我々の研究グループが考えていることは、合気道の基本精神である、相手と戦わないという姿勢を崩すものではありません。そして我々の研究が善か悪かと言うなら、その両方になり得ると申せましょう。要するに使う人の心一つで善にも悪にもなるものと考えます。その意味で核兵器と同じ存在と言えます。それならどこが違うのかと言いますと、一つは殺戮において惨たらしくないという点です。そして爆発の後がクリーンであることです」

「我々が開発しようとしている兵器は、一瞬のうちに人だけでなく、何もかも消滅させるものです。そうです。対消滅弾《ついしょうめつだん》です。これは原爆などと違い、物が一瞬のうちに消滅する爆弾です」

「ただここで『一瞬のうちに』と言っておりますが、実際にはまだ解っておりません。今までの実験では一瞬とは言えないのかもしれないと感じております。いずれにしましても、我々は政府の要請があれば、この消滅弾を造るのは可能だと自負しております」

「私たち研究者は『抑止力』なるものは闘わない為のものとして、いいテクノロジーになり得ると思っております。しかし先ほども触れたように諸刃の剣です」

総理の発言に驚かされていた人々は、広瀬博士の発言に、さらなる驚きを隠さなかった。場内はひとしきりざわめき立ち、それが収束するまですこし時間が必要だった。そして曽我秘書が立ち、

「皆様、総理と広瀬博士の話から、政府の考えがお解りいただけたと思います。これをすぐに進めようと言うのではありません。皆様にもいろいろ御意見はおありと考えます。ただこの提案と同じところの意見を再び述べられるのは合理的ではない。だから同じところと、違うところを意識しながら己の意見を述べてください」

一人の老人が手を挙げた。学者グループの一人である。

「その恐ろしい爆弾を作るべきなのですか。人間を信じないことを前提にするのですか。菅原内閣は

基本的には、人を信じるところからの政策が多かった。私はそのことで菅原内閣を支持していました。でもこの方向は不幸を招くような気がします。他国を信じることを前提にすればこのような兵器を持たない方がいい。しかし、今の世界は果たして他国をどこまで信じることができるか？　疑問はあります。やはり私も迷っています」

曽我秘書がその老人学者の言葉を引き取るように言った。

「皆そこで迷うのです。他国を信じることを貫けるかどうかです。しかし視点を変えて考えると、こういうことにもなります。我々は他国の国民の多くを信じることができます。しかし一部の野心家や独裁者がそれまでの平和協定や不戦条約等を平気でやぶり襲ってくることは考えなくてはならない。この信じることのできない人々は歴史を見ても必ず存在するのです。他国の存在を考えた時、これらの人々を対象からはずす訳にはいかない。だから他国を信じると言っても、国民全体を信じるという訳ではなく、一部のつまらぬ輩を信じて、国民を犠牲にしていいのか、という問題が出てくる。だから大変難しい。しかしここで他の新しい意見があれば提案してください。提案を出し尽くしてから、この兵器を作るべきかどうかを政府として考えて行きたい」

この曽我秘書の発言を機に場内が騒がしくなり、私語が飛びかった。そして新しい提案はなかなか出てこず、多くの出席者が対消滅弾がどのようなものなのか解らないこともあり、核以上の力があるという一点で、

「核以上に恐ろしい兵器を作るべきではない」

と言う学者グループとそこの学生や若者たちの意見、官僚たちをはじめ一部の学者の国を防衛するという観点からは、核以上の兵器を持つのはむしろ闘いの空しさを考えるうえでいいとの意見に分かれた。

「核兵器より恐ろしい兵器を持つべきではない」

と主張する人たちに、それではどのくらいの兵器を持つべきなのか。あるいは兵器を持つべきではないのかという質問が投げかけられた。

それに対し、人を傷つけて己を守るのではなく、己の死を背にして平和を求めるべきと言う答えが質問者に返ってきた。それは多くが宗教家と哲学者を名のる人たちであった。それに対し、対消滅爆弾は抑止力となると考える人たちに対して、

「これを使った時は全人類に対し、どう申し開きをするのか？　そして抑止力合戦はどこまでも続き、結局人類を滅ぼす結果が待っているはず」

という質問がぶつけられた。それに対して広瀬博士が立った。

「核兵器を持った人類は、その時から人類滅亡へと進めてしまうか、それを理性が止めるかの状態に置かれている。いや、本当はこの問題は人類が生まれて間もなくのところで起きていると考えられます。要するに人類は他の動植物を支配できる力を持ってから、他の人間を支配する形をも作ってしまった。この時から兵器の強さが支配権と繋がっていった。それ以来、支配権と兵器の関係は基本的には同じであり、変わっていない。人間はこの地球上で科学の力でこの星の支配者となったが、同時に

その科学の力で人類滅亡のシナリオが作られていると思われる。この現実から出発すれば、対消滅《ついしょうめつ》弾《だん》こそ最終兵器であり、人類が生き残るのか、滅亡するかの二者択一の点に立たされたと言えます」

「これはいずれ人類が手にする兵器です。だから我々がいち早く持つべきなのです。それにより、世界の争いを終わらせる可能性も出てきます。これは背水の陣を敷いたとも言えます。同時にこの対消滅弾は宇宙へ飛び出すうえでもとても重要なテクノロジーだと考えております」

広瀬博士の話が終わるやいなや、場内のざわめきが再び大きくなった。

そのざわめきの主たるものの一つは、肯定的に考える官僚たちを中心としたものであった。それは、

「いち早くということが大切である。どの国よりも早く開発を終了することだ！」

と言うものである。

もう一つはそれに対して否定派の人たちが、人類史的に見て、我が民族が人類滅亡のボタンを押す役割を担いたくないと強く主張し、この兵器は悪魔の兵器ではないか？ と言うものだった。

しかし、否定派の人々はどうしても情緒的な発言が多くなっていたし、現実の中で、彼らが言うように、

「己の死を背にして平和を求めるべき」

ということを国民に求められるのか。あるいはそれが現実的なのか？ という疑問がどうしても払拭できない点であった。

この国防会議「セクション1」は公共放送と民間の数社によってリアルタイムでネット配信され、同時にラジオとテレビ中継がされており、会議の進行の中で、国民に向かって問題を投げかけ、賛否を問うことになっていた。

会議が進み、会場が対消滅弾を持つべきかどうかという問いと、己の死を背にして平和を求める覚悟があるかどうかの2点が問われた。そして会議の紛糾により、これを国民の声に負託した。

政府はこの会議を1年前より決めており、半年前より、この会議にむけて論者の意見を多数公表していた。ただ核兵器を持つべきか、持つべきではないかと言う意見は載せていたが、対消滅弾の存在は明らかにしていなかった。それは他国との関係で隠していたとのことであった。

他の多岐に亘る意見はネットにすべて公表していた。

だから、この2点を国民に負託した時点では、その内容を把握している人が多かった。

ただ、それでも対消滅弾のことを初めて公表した。だから、今会議で対消滅弾のことをよく解っている人は少なく、核爆弾よりもすごいものという認識で世間に伝わっていくことになった。

国防会議からの問いかけに、素早い返事が返ってきて、それが集計された。その結果であるが、核兵器より恐ろしい兵器である対消滅弾の製造を認めると考えている人が40%を超え、反対の人が35%あり、解らないとする人が25%という結果となった。

政府はこの結果だけでは決定していくには不十分と考えており、今後、この形でもう2度ばかり返事を貰うことにしている。

そもそも国防会議が問いかけて、視聴者に返事を貰うようにしたのは、若手官僚を各省庁から集めて、この国防会議に出てくる意見を前もってチェックして、それに基づいて議論をして行けばどういう結果になるかをシミュレーションさせ、和論に基づき答えを求めていた。

官僚機構の若手人材は、一時給料カットが行なわれ、労働者の最低賃金の水準に合わせて決定されており、低く抑えられていた。だから一時、官僚になろうという者が少なくなった。しかし菅原内閣になり、和論が打ち出されてから、若き官僚が国の方針を決定づけるものを作り出している実感を持てると言い出していた。特に意見の共通点と相違を整理し明らかにする作業の中で、その相違を統一できるアイデアが、この若手官僚から何度も打ち出されていた。

最初に和論を打ち出した菅原首相は、ほとんどの人から、

「意見の統一など、到底、無理。意見の裏にはそれぞれの人自身か、その人が所属するグループ団体の利益に係わってくることがあるから……」

と言われ、ほとんど相手にされなかった。

しかし若者たちは、

「戦争になるより、意見の相違をなくす方がましだ」

とか、

「初めから会議は意見の統一を目的にするのがいい。そこに知恵を出すべき！」という意見が若手官僚たちの中から出ていた。

国防会議「セクション1」は和論の理解を深めるも、何の結論も出さずに次回の日どりだけ決めて閉会した。

意見の統一を求める和論は、人間の自尊心や業《ごう》に触れるだけに、人間の質的変化を求められている。それは相手を本当に最後まで尊重できる人間かどうかということが問われている。

(14) 重力の謎を求めてそして斥力

国防会議「セクション1」が終わった後、マスコミは、対消滅弾のことを連日報道していた。同時にその対消滅弾の開発と、宇宙旅行のロケットの開発が同時進行されていることも報道していた。

そういう状況のもとで、惑星移住計画の一グループにもなっている、藤川博士を中心とする、東北大の研究グループが、突然、日本人が移住する星についても意見を発表した。

それは以前から話題になっていた、てんびん座のグリーゼ581星の6個の惑星のうちの4番目になる惑星である。地球と同じ岩石惑星でもちろんハビタブルゾーンに位置し、生命存在の可能性の高い惑星である。

ただこのグリーゼ581の恒星までは33光年かかると言われていた。だから移住と言っても、一代で成し遂げられるものではないことが障害となり、他の国はまだあまり積極的ではなかった。

藤川博士のグループはグリーゼ581までのルートを新しく開発したと言うのだ。そしてそのことを中心とする、ハビタブルゾーンにある惑星の候補をさらに追加的に発表するという。

それは2017年、ベルギーのリエージュ大学と米航空宇宙局（NASA）の国際チームが発見したみずがめ座の方向にある赤色矮星「TRAPPIST1」を周回する7個の惑星を確認して以来、銀河系内の惑星発見が相次いだ。その流れの中にあった。

我が銀河系の中には恒星の周りを回る惑星が多数あり、2017年の段階で500個以上が発見されていた。その後も、どんどん発見されていて、現在1000個以上となっている。

藤川博士のグループはおおいぬ座のシリウスの近くにある恒星の周りをまわる惑星を発見したと発表した。そして同時にその惑星の距離を、45光年と割り出していた。

45光年と言うなら、グリーゼ581の恒星のところにある惑星の方が、33光年という近さで有力ではないか？　という疑問が出された。

それに対し、藤川博士は、

「質問者の言う通りです。距離的には我々の目指す惑星は遠いのですが、実際には早く着ける可能性をもっているのです。それは何故か？　実はこの部分が今回発表にあたり一番重要な報告となると思います。それは、宇宙の中はどこも同じような真空の世界に見えますが、実は物質の存在はその場所

（空間）がどのような性質をもっているかということと、それは何時かということに大きく影響されていることをまず認識する必要を感じています。アインシュタインが重力の正体は時間や空間の歪みととらえましたが、我々は歪みととらえるのではなく、位置の性質、時間の性質を明らかにして、重力の本質を見ようとしているのです。

空間の性質というのは、宇宙に上下左右はないと考えられていますが、そこが大宇宙の上部なのか下部なのか、左なのか右なのかあるいは中間なのかということです。左右や上下の違いは性質を変えてくるのです。

そして『何時《いつ》』というのは大宇宙の宇宙時間と申しましょうか、あるいは宇宙リズムと申しましょうか、このリズムにも性質の違いがあるのです。この空間と時間の違いは相対性理論とは別にあるもので、我々はここに研究の力点をおいてきたのです。それにより、重力というものの本質を明らかにしようと思っています」

集まっていた記者たちの間で暫くの間、どよめきが起こり、なかなか収まらなかった。記者の一人が手を挙げ、

「その重力の話と、45光年先の惑星が、33光年先の惑星より先に着けるというのはどのような関係になっているのですか」

「そうだ！　それを聞きたい」

多くの記者が藤川博士の次の言葉を促すようにそれぞれが緊張感を高めるように集中して言葉を待

った。

「関係があるのは確かなのですが、重力との関係も含めて、まだ確かなことは言えません。ご理解いただきたい。ただ事実から出発した結果です。そしてその重力なのですが、我々は物質の質量の大きさが問題という事はもちろんその通りと思います。ニュートンの $F=\frac{GM_1M_2}{Q^2}$（F万有引力、M^1M^2は二つの物体の質量、Gはニュートンの万有引力定数）も容認しています。ニュートンの万有引力の法則は事実はすこし違っていたものです。

　でもそれだけでいいのだろうか？　という疑問を持ち続けてきました。そこで、違う要素について考えてみました。その結果、重力は大宇宙の運動との関係で考えるもの、という結論に至りました。地球のことから考えてもそうです。地球はまず、自転をしています。そして公転もしています。それだけではなく地球は太陽系の一員ですが、その太陽系自身も動いております。さらに太陽系は我が銀河系、ミルキーウェイの一角を示しています。そのミルキーウェイも全体として大宇宙の中で動いております。さらにさらに、それだけではなく、無数の銀河を抱えている大宇宙が生成発展と収束、収蔵を繰り返す動的なものなのです。これらのことがすべてからみ合って重力が働くのです。だから、地球上で重力の働き方が違ったように、宇宙のどの位置にあるかによって、その働き方が量的に違ってくるのです。実は今、量的にと言いましたが、量的に違ってくるのみではなく質的にも違ってくるのです。それは場所により、巨大な物に引っぱられているような特殊な引力が働くところがあると言うことです。その引力（重力）に乗れば理論的にも光速を超える速さを獲得できるかもしれないのです。その引力の筋とブラックホールとの関係を指摘する人もいます。我々はそれよりも斥力を想定しております。斥力の元は我々の領域と反対の反物質で出来ています。斥力の元は我々の宇宙と相反する反物質の世界との反発です。その関係は崩れそうになることもあります。その現象の一つが雷の激しい中で起きるスプライトもごく小さいゆがみ現象ではないかと考えています。斥力は宇宙膨張の元であり、真空を作り出している元になるのです。

ただ今は、はっきりしたことは解りません。『宇宙は特別な場所はない』というのは、アインシュタインが特殊相対論を作り上げていく時の前提にしたものですが、我々は、宇宙の中の宇宙の性質と時間変化の中での性質の違いを見つけることが大切であると考えております。そして偶然にも宇宙の中に引力の筋を見つけたのです。我が銀河系の中には引力の筋があるのです。この引力は暗黒物質かブラックホールか、あるいは暗黒エネルギーによるものか、その原因になるものはまだ解りません。ただ現代暗黒物質と言われるものは最低8種属は、なくてはならないと考えています」

藤川博士の発表はその日のうちに世界に広がった。そして特に最後に唐突に出て来た暗黒物質が8種属あるとの発言が意味するものは何なのか憶測が飛び交った。

(15) 暗黒物質（暗黒エネルギー）とは何か？

藤川博士の発表以後、新聞各紙が暗黒物質の正体を見つめるという観点で特集を組んでいた。

中でも石原博士、広瀬博士と藤川博士の鼎談の記事が話題になった。

その記事では、暗黒物質がどのような物質かという追究より、この物質の大宇宙における位置づけを明確にしていることが注目された。

さらに言えば、3人の学者の共通認識というものが石原博士の方から報告された。

その要旨は次のようなものだった。

(一) 宇宙については、有限か無限かという問題が昔からある。これについては、我々は宇宙は有限であると考えている。
(二) 宇宙はビッグバンにより生まれたということについては、ビッグバンの内容は捉え方がすこし違うものの、無の状態から有の変化を認める立場である。
(三) 宇宙膨張についてもこれを認める立場であるが、その膨張は宇宙全体から見て部分の現象とみる。
(四) 宇宙の構造については、全体は球体で四つに分類できると考えている。大きな球の中に二つの球があり、主にこの部分が銀河や星が存在するところとなる。

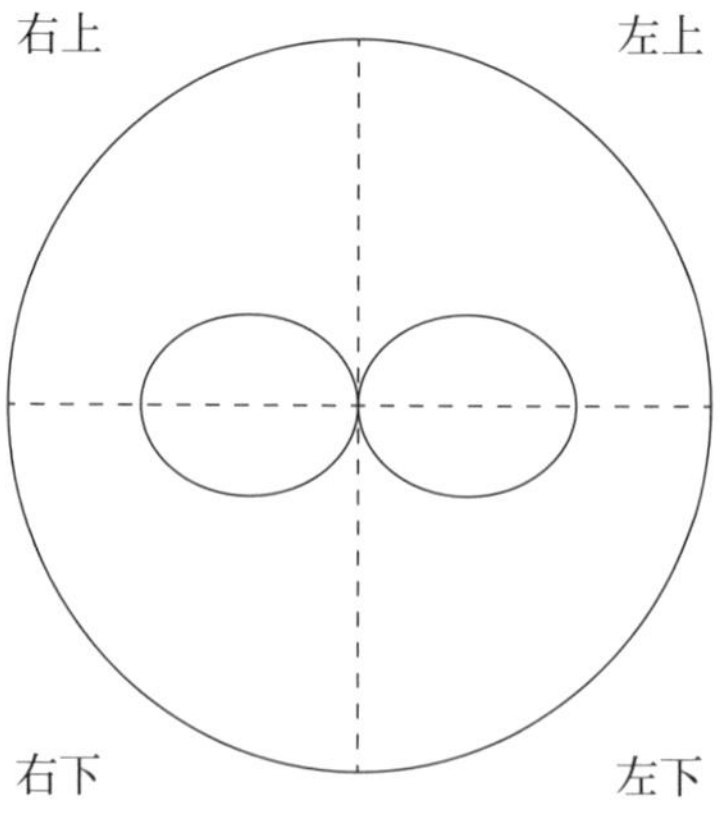

石原博士は続けた。

「これらのことを前提に、説明を聞いていただきます。

私たちが考える宇宙はとてつもなく大きいのです。球体の中にある二つの球体が、銀河や星を活動させている宇宙で、他のところは未知の物を含めた様々な素粒子の存在する空間となっていると考えています。

まずは順序として宇宙の始まりとしてのビッグバンについて話を進めてまいります。

ビッグバンは無から有が生じたと多くの学者が認めています。

しかし本来物理学の世界では有は無から生じないことになっていました。

私たちは基本的に、形あるものを有で、形ない物を無として、有は無から生ずると認めているのです。同時に有は無に帰す、ということも認めています。

ここでの有とは、形あるものが生成することです。

さらに有であるとはどういうものか。

『有とは形ある存在で、その形あるという時の形とは、人の目によって視ることができる存在である』

それに対し無とは、

『形ないものであり、人の目により、その存在を視ることができない存在』

と言うことができる。

何故このことを問題にするか。それは現代の物理学においては、『存在』という言葉に対し、『物質』という言葉を持ってきて、その物質は形あるもの（有）でも、形ないもの（無）でも存在するものとなっているからである。形ないものの存在として素粒子が挙げられるが、この素粒子こそが物質の究極の存在として扱れている。

我々はここでの『物質』についての定義を再考し、改めて確立する必要があると考えております」

石原博士はすこし照れたように言った。これに対し広瀬博士が石原博士の言葉を引き継ぐように口を開いた。

「我々物理学者は、観察された事柄の力により常に圧倒されてきましたが、『物質』と言う時のこの存在の扱いには、あまりにも検討が行き届いていなかったと考えています。初め、『物質』は多くの人々が見たり、感じたりできる物という概念でした。つまり、これは物質の中の『物体』部分を表現していています。空間、時間の中に位置し、形、大きさ、質量、その運動などを含めた実体が物質ということになります。さらには哲学的要素としての物質、例えば唯物論のような概念としてなど、幅が広い。だから物質と言った時の物理学的定義を空間、時間、エネルギーなどとの関連で見つめることとなると思うのです。何故なら、宇宙とは、空間と時間だけが存在しているのではなく、『物』が存在することで成り立っている訳です。『物』が存在しなければ、そもそも空間とか時間は、無意味になります。

空間は物が存在することで生じます。この時空間には何も無いのではなく、素粒子のような極微なものが存在しています。

ここで『物質』をその最小単位の素粒子で考えると矛盾が生じます。

そもそも空間とは『物体のないところ』などと広辞苑でも言っているように、物体と物体の間にあるとなる。

この時に言う『物体』とは『物質』の最小単位である素粒子を想定していなかったと思います。

しかし空間と言う概念は残り、物質は原子からさらに極微な世界に進み、素粒子を発見しました。

このような経過から、まず空間という概念と物体という概念を改めて考える必要がでてきました。

ここでの空間は物質の最小単位の素粒子と素粒子の間の真空を言っているのではありません。

ということは「空間」と言うものを作るのは、物体なのだからまずこれを考える必要があります。

そこで物体とは、ということになります。それは、

『長さ、幅、高さの3次元において、空間を充たしていて、知覚の対象となりうる物質』

と辞書では述べています。

ここで重要なのは、一つは3次元において空間を充たしていることである。そして二つめとしては知覚の対象となり得る物質であることである。

ここでいう物体とは、３次元の中にあって知覚の対象となり得る物質ということです。ここでの知覚の対象とは人間の感覚器官への刺激を通じてもたらされた情報をもとに、外界の対象の性質、形態、関係および身体内部の状態を把握する働きのことを言っています。

ここまで物体についていろいろ述べてきましたが、それは『有は無より生ずる』という関係を認めなければならないからです。

有とは『形ある存在で、その形は人の知覚によって認識することのできるもの』と言いました。そして形あるものとは『物体』を指していると考えています。有とは物体なのです。

そして無とはその物体のない状態を指しています。この状態はある時は空間と表現されてきました。そして、その空間には目に見えない物質、それは素粒子からダークマターまで、様々なものの存在が認められます。

さらに、空間にはエネルギーも存在しています。

ここでの素粒子やダークマターも目に見えないもの、知覚で認識できないものとしてあり、物体を有としたら、ここでの物質は無の存在となります。（素粒子もダークマターも物質となります）だから、有は無から生ずるということになり、この考えを是とするのです。

この時の無が素粒子や、ダークマターの存在を認めない絶対無とすると、ビッグバンが起こる必然性はなくなります。

ビッグバンの意義は空間の物質つまり素粒子などが変化して、物体と言われるものとなっていく契機であり、過程です。絶対無から物体が生じると考えるのは、物理学として成立しません。だから、我々は物体と物質の使い方に、気を付けなくてはならないのです。

このへんの整理が行なわれ、すっきりすることを願っています。ただ整理が終わっていない現在、我々の物質、物体という言葉の使い方には混乱もあります。皆様の御賢察に頼るところです。

それはともかく、空間には素粒子やエネルギーが存在しなければビッグバンは起きないと我々は考えています。同時にビッグバンによって生まれた物体は、どんどん増え続けるのかというと、そうではありません。

有が無から生じると同時に有は無に帰す、と言うこともあるのです。

宇宙は水素を生み、ヘリウムを生み、星や銀河の物体を生み出しますが、同時にこれらの物体を破壊もしていると見ています。

実は我々はもう一度、一般の人たちと同じように素直な目で宇宙を見直そうとしています。

偉大なニュートンやアインシュタインをはじめとする多くの学者の理論や考え方によって、随分と宇宙のことが解ってきたように思っていました。しかし、それでも宇宙に関しては解れば解るほど疑問が増えてきました。

特に宇宙が膨張していることが、アメリカの天文学者エドウィン・ハッブル（1889年～1953年）の観察及び計算により明らかになってきました。

膨張を認めることはビッグバンも認めざるを得ません。膨張する以前は縮んでいた訳で、その初めがビッグバンとなるからです。

ビッグバンは宇宙背景放射の電波の発見により、多くの学者が認めるところとなっています。

この世界の流れに逆らうつもりはないのですが、我々のグループはだいぶ以前から違った宇宙像を描いていたようです。

今までの話は我々の描く宇宙像の前説のようになります。

そこでまず我々のイメージする宇宙像を、述べてみたいと思います。

我々の描く宇宙は、とてつもなく大きいことは他と変わりません。

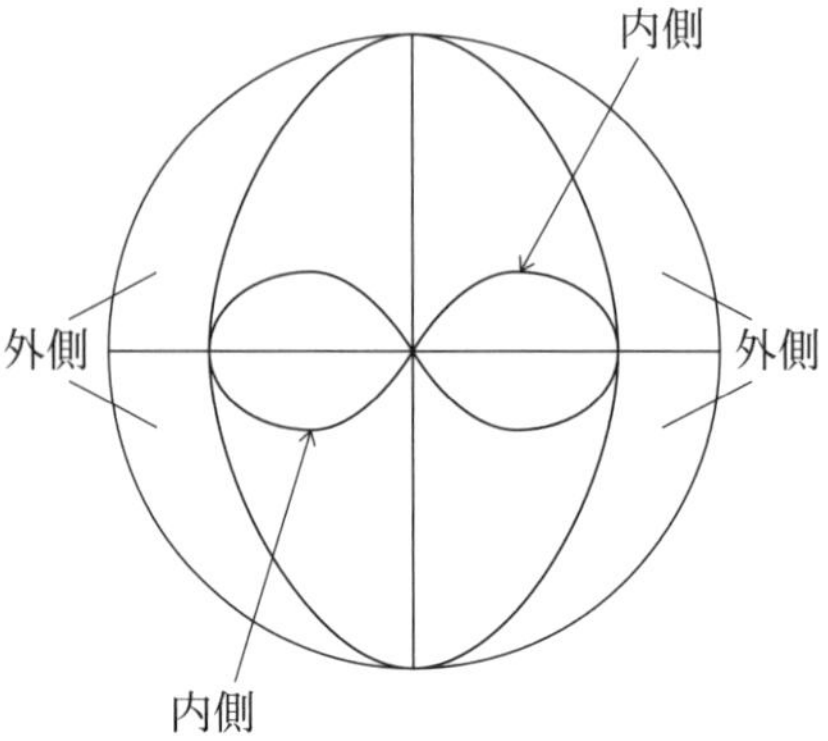

形は球状と考えています。そして外側と内側が違っております。
外側は星や銀河など物体化されたものはなく、空間が存在していますが、空間には素粒子やダークマター、エネルギーなどの非物体が存在しています。そして、この外側の空間は動かされています。
それは空間の中に存在する素粒子はじめダークマターや他の物質の自《みずか》らの運動と、内側の物体の活動が契機となっている。
内側は物体が作られるところであり、同じように動いていて、その物体の活動の場所であり、終焉の場にもなります。

図示すると右のようになります。内側の二つの目のように見える圏内が銀河や星などの物体が存在するところ。そのうちどちらかが正物質の領域で、もう一方は反物質の領域です。

宇宙が回転することで外側の非物体が左から右へ、右から左へ向かうことで、非物体同士が一点で接触することになります。この接触こそビッグバンに相当します。ビッグバンにより、言うところの宇宙が生まれた訳ですが、それは物体宇宙です。その物体が宇宙に占める割合はわずか5％にすぎないと言われています。残りの95％は、ダークマターと、ダークエネルギーが占めると言われる。

天の川をはじめ、太陽系の恒星と惑星、衛星のような星の集団が集まる銀河。銀河が集まる銀河群、銀河群の集まりの銀河団。さらにその集まりの超銀河団があります。1銀河には2千億の星が存在すると言われています。

それらのことを考えるだけで宇宙の大きさに驚かされますが、この物体宇宙は大宇宙からみるとわずか5％にしかすぎません。残りの部分は非物体部分です。この非物体部分にダークマターとダークエネルギーが含まれます。

宇宙は5％の物体と95％の非物体（ダークマターとダークエネルギー）を包んで回転運動を行なっています。その原動力は物体の生成と消滅にあります。

物体が生成するのは、非物体の力であり、その運動によるものと考えています。その運動は大宇宙の回転に繋がるもので、非物体を一点に集中させ、物体の生成を必然にしています。

そして非物体は物体の消滅を契機として、生成されていると考えられます。

現代では物体の生成は、インフレーション、ビッグバンを出発としていることは言いますが、それ以前については触れません。そして物体の消滅については語りが少ないのです。

ブラックホールやクエーサーのこと、超新星爆発などを個別に研究していますが、我々はこれらを物体の一つの消滅現象とみています。

宇宙とは形ある物体が生成され、それぞれの場所で消滅する過程であり、その過程を作り出しているのは、非物体、要するに素粒子、ダークマター、ダークエネルギーなどが中心となっています。

そして物体のできる過程は、非物体の発展の過程を経て初めて成るものと見ています。

非物体は宇宙の中で、単独のものから、複数の組み合わせのものへと発展し、それぞれがある地点で必然的にぶつかる形ができています。要するに非物体が一定の発展をとげると必ず、ちょうど物質と反物質の接触と同じようなことが起きます。

ここでのある地点を中心に宇宙の上下が生まれ、左右が生まれます。ここでの上下は物体の生成と消滅を主り、左右はこの生成と消滅を作り出すエネルギーを生成する事になります。

ある地点でぶつかると言いましたが、非物体の一つの流れとしては、上方のものが下方のものと接触することで、単独のものが複数のものになる過程があります。そしてもう一つは下方のものが上方のものと接触し、やはり単独のものから複数のものになっていく過程です。

上方から下方へ向かっていく流れが左側とすると、右側は下方から上方に向かう流れとなります。

上下は物体の生成と消滅を主り、左右はこの生成と消滅を作り出す為のエネルギーを主ると言っているのはこのことです。そして、このエネルギーこそ暗黒エネルギーなのです。

この時の左右と言っているのは、物質（左）と反物質（右）の接触が起きる形が、左と右の違いからの接触と考えているのです。要するに上から下に降りていく流れを左と考えると、下から上に昇っていく流れは右となると説明したが、我々地球人がもし、上から下に降りていく流れの左側に位置していたとすると、左側が物質で、右側の下より寄り上に行く流れは反物質となる。

この左右の接触は現代の宇宙論的に言えばビッグバンとなるかもしれません。

ただすこし違います。非物体は初め、上下《じょうげ》が接触することで物体としての構造的な部分（上のものと下のものとが組み合わさることで素地）を整えてきます。しかし、形が整ってもそれが物質化し、物体化する過程では、すさまじいエネルギーが必要となります。中でも最初の物質化の段階で、物質と反物質の接触によるエネルギーの生成は、そこに真空空間を作り出しています。

真空空間とはエネルギーによって作り出された非物体の中のある集合です。ここでの真空空間とは非物体の中から物体（星や銀河など）を作り出す母体の要素をもっている空間を言います。

同時にここでの空間は、ある地点で左と右が接触するたびに作られています。

右からのものが左へ行き、左からのものが右へ向かいます。

ある地点は左右の接触だけではなく、上下の第2回目の接触ともなります。だから、ある地点での接触とは上下と左右の接触が同時に行なわれているのです。ここで上下の接触を左右の接触により作り出されたエネルギーが、非物体だった一部の物質を組織だたせています。その結果、原子が生まれてきたのです。

その後はエネルギーが作り出している空間の中で、原子は分子へ発展し、やがては銀河へと発展していったと見ることができます。

同時に左右の接触で生まれたエネルギー（ダークエネルギー）により作り出された空間（集合）は左右上下に広がっていくが、この現象が宇宙膨張となります。

であるから、膨張の前は宇宙は小さかったとする考えは、宇宙を矮小化することになると考えられます。

宇宙の総体は変わらず、宇宙の中で初め上下の接触があり、次いで上下左右の接触が、後に内外の接触も起きているのです。だから宇宙には非物体が初めから存在していたのです。その存在は物体の崩壊、消滅がもたらしているのです。

そして物体は非物体の上下、左右の接触により造り出されていったとみることができます。
○宇宙はこの循環を行なっている。だから、
○宇宙は有限であるが、無限に働いている。
○宇宙は膨張しているところがあるが、次に収縮する訳ではない。宇宙の大きい枠内で起きている事柄がある。収縮でなく、物体の非物体化が起こる。
○宇宙は物体を作り出すが同時に壊す。そして非物体を作り出す。物体を作り出す過程と非物体が作

り出される過程があることで循環している。膨張は物体の非物体化を促進する前段階と捉えることもできる。（クエーサーなど）
○宇宙は定期的に非物体の素粒子段階での、物質と反物質の接触が行なわれている。その結果エネルギーが発生し宇宙を成り立たせている。
○素粒子段階での物質と反物質の接触時、消滅と生成が同時に行なわれる。結果、消滅で生まれたエネルギーは生成の為に使われる。だからいわゆるビッグバンのような大爆発は起きていない。それは非物体の一点での接触がもたらすものだが、長い時間をかけて反応していった。その延長に最初の元素の水素が作り出されていった。
それは未知の素粒子を含めた非物体が、上下、左右、内外の違いのあるものが接触することから起きた出来事である。
○初めに元素の水素が作り出されると同時に水素の生成とともにエネルギーの拡散による空間の広がりが作り出され、この空間が次なる物体の生成の場となっていった。
○宇宙の始まりは、非物体が物体化していく過程であり、現代ではそれをビッグバンとしている。それは大爆発で、無から有が生じたとされる。
我々はここでの大爆発はないものと考えている。それは宇宙の出発は絶対無からの出発ではないと考えているからです。

初め宇宙が非物体だけでできていた頃、宇宙は位置として、右の上とか左の上、左の下、右の下などと位置のみを有していました。

ただこのそれぞれの位置は非物体の性質を決める大きな要素となっていました。同時に宇宙の回転の出発もそれぞれの位置の性質の特徴がもたらしています。

左の上の非物体は下に降り、右の下の非物体は上に昇る性質を持っています。

それ故左の上の非物体と左下の非物体が交わり、新たな非物体となり、右下の非物体も右上の非物体と交わり新たな非物体を作り出していくのです。

この左の非物体と右の非物体のそれぞれの活動が、宇宙の回転（運動）となります。

宇宙の回転はこの左の非物体と右の非物体をある地点で必然的に合体（接触）させます。

この接触こそがビッグバンに相当するものです。しかし大爆発ではないと考えます。

この接触により、相反する性質を持った非物体同士の接触により消滅が起こり、エネルギーが生み出されます。

それと同時に、組み合わせのいい非物体が合体し、物体（物質）の生成を行ないます。物質と反物質が同時に作られます。

さらにこの時残される要素のうち、相反発するもの、例えば電気的に言うと、+《プラス》と+《プラス》が残り反発し合います。この力が非物体から作り出された物質と反物質を遠ざけるように反発の力が働く。この力こそ斥力です。

左の非物体と右の非物体が宇宙での回転運動となり、必然的に宇宙の一点で接触することになります。

ここでの接触こそ宇宙の始まりですが、まず物体が作り出されます。それも正物体と反物体が作り出されます。その両者は、接触により作り出された消滅エネルギーと相反発する（＋と＋のように）力が作り出す斥力により、各々の場所におさまります。（正物体と反物体の場所があること）

消滅エネルギーの力で物体の生成が行なわれ、水素が生成されます。さらに斥力が空間を拡大してゆき、水素の活動を広げてゆき、ヘリウムの生成にも繋がっていきました。

空間の広がりと物体の生成は密接な関係の中にあります。物体が生まれることにより、空間は広がっています。それは何故か？　物の生成は、宇宙のある一点において、左右、上下、内外のそれぞれの種の非物体が、接触することにより行われるからです。それは宇宙の右側で下から上昇し上と一緒になる非物体が、左側で上から下降し下と一緒になる非物体が、ある一点で接触することです。これは言うところの物質と反物質の接触に相当するもので、ここで物体が生まれるが同時に反物体も生まれます。

物体の生成は物体と反物体が同時に生まれる形を通じて成されます。そして同時にこの時、物体の生成に携わるダークエネルギーと、反物質生成に携わるダークエネルギーが分かれながら発展します。

（これが宇宙膨張となる）

宇宙のある一点での接触は、物体と反物体を作り二つのエネルギーを同時に作り出しています。そしてこの二つのエネルギーは、相反する方向に物質を運ぶエネルギーとなり、同時に空間を作り出すエネルギーとなり、物体（反物体）の成長を育むゆりかごとしての存在となります。だから、宇宙の膨張とは、相反する物質の消滅エネルギーと反物質消滅エネルギーの斥力の働きの結果であり、宇宙の中の部分の現象なのです。

宇宙には物質と反物質の領域というものがあります。

それはある地点で接触した、上下、左右の流れの活動が、上からのものが下へ向かい、下からのものが上に向かう。また右からのものが左へ向かい、左のものが右に向かうという、宇宙の運動があるところに2種の消滅エネルギーの斥力が加わることで、それぞれが物質の領域と、反物質の領域を保っているのである。まとめると、

（一）宇宙とは、非物質（体）と物質（体）の運動により、構成、成立している。

（一）非物質（体）に、物質は非物質へ互いに入れ替わり循環している。

（一）宇宙は広大であるが無限の広がりを持っている訳ではない。その無限さは物質（体）と非物質（体）の入れ替わりがもたらすもの。

（一）主に非物質（体）は大宇宙の外枠に、物質（体）は内枠に存在する。

（一）物質（体）の運（活）動は非物質（体）の運（活）動を元とする。

（一）非物質（体）の運（活）動は、物質（体）（反物質（体）を含む）活動を元とする。

（一）非物質（体）同士が接触する時、物質と反物質が生まれ、同時に物質的エネルギー（＋）と、反物質的エネルギー（＋）が相反する斥力となって生じる。

（一）このエネルギーは消滅エネルギーと同じもので、空間を作り出し、宇宙膨張を作り出す。

（一）したがって、宇宙の膨張は宇宙の内枠の中の出来事で限定的である。

（一）この膨張は外枠に到達すると、外枠にある非物質とのある点での接触により、非物質に替わ(帰)る。(反物質側の膨張も同じ）だから膨張は非物質との接触で止る。

（一）非物質（体）と物質（体）がくり広げる運動により、大宇宙は回転することになる。それは非物質（体）の蓄積を通じ外枠の上下が上は下へ、下は上へ向かって動き、右からのものが左へ、左からのものが右へ向かうことにより、大宇宙の回転が行なわれる。

（一）大宇宙の回転が進む段階のある時点で、外枠の非物質同士が内枠の中のある点で接触することになり、物質と反物質とそれに伴うエネルギー（物質消滅エネルギーと反物質消滅エネルギー。つまりこれらはダークエネルギーと呼ばれているもの）を生み出すことになる。このエネルギーは非物質同士の消滅エネルギーの形で生み出されたものである。

（一）重力は大宇宙の回転の中で物質と反物質が互いに螺旋状に反発して斥力を生み出し、空間を広げるが、その力に抗して生まれている。

（一）螺旋状に反発する斥力の流れが空間を膨張させている。

これらの事はまだ確証を得られる段階にありません。だからいくらでも反論されてしまうのは解っています。ここでは我々グループのイメージする宇宙をご理解していただく事が一番の目的です」

藤川博士らの話は多くの記者に十分な理解を得られぬまま終了した。

(16) 再び国防会議「セクション1」

この度の会議は前回議題になった、核兵器より強力な最終兵器となる、対消滅弾の製造を認めるか、認めないいか。この点が議題となっていた。

曽我秘書が司会に立ち、口火を切った。

「皆様！　お集まりいただきありがとうございます。この会議はこれからの日本人がいかに生きていくか、否《いや》、人類がいかに生きるかに繋がる議題を検討することになります。皆様の真の声、心の奥の声を発して貰いたい。損得でなく、他との駆け引きでもない、己の魂《たましい》をぶつけるつもりで発言していただきたい」

曽我秘書は今までになく、声に張りがあり、力強い声を響かせていた。そして次にすこし声の響きを落とすように、

「最初に首相の方から政府の要望というか、方向性を述べたいとの事です」

と言い、菅原首相に向かい軽く会釈をした。

菅原首相がいつもと違い、人を寄せ付けないような、真剣な顔付きで立ち上がった。

「皆様!! 本日は要請に応じていただきありがとうございます。今曽我秘書のお話にもありましたが、国防というのはそれぞれの人の人生感と大きく係わることであります。各個人の理想もそれぞれ違うし、自分の考えに対し他人や他国の人がどう思うかなど、他との関係もあります。

私は合気道の精神から考えると、己が闘うと言う心を持ってはいけないことは解っているのです。しかし、国防という視点から見ると、私はどうしても闘う人になってしまうのです。結果、私は決意しました。

対消滅弾の開発製造です。

もちろん反対の方々がいるのは解っています。これから暫くの時間帯は反対である人にのみ時間をさし上げます。そこで反対の理由を述べてください。なるべく多方面からの意見であって欲しいし、なるべく全面的に出していただければと考えます。要するに『政府』と言うより、今の段階では政府の主だった人間のこの要望を『ノー』と言う人が、説得するつもりで、この要望を否定して欲しいのです。その否定に対し、次に『ノー』の意見の人たちにも質問や意見の矛盾などを指摘するなりして意見を徹底的に掘り下げていく作業をしていただきたいと思います。

私個人の事ですが、今回の結論は十分納得しているものではありません。迷いに迷って最後は自分の感情に素直になってみようとした結果です。多くの人が悩み抜かれたと考えています。ですから、ここでは真《まこと》の心をぶつけ合ってここでの最終結論を得たいと願っています」

菅原総理の話が終わり、その場をざわめかしさが支配しだした。それは菅原首相の口から直接、『対消滅弾』を造りたいという積極的な意見が飛び出したからだろうか、ざわめきは暫く続いた。

そういう中で宗教者のグループの一人が手を挙げて、

「議長‼」

と低い、よく響く声を発した。それに答えるように曽我老人が、

「和尚、どうぞ」

とすこし力の入ったような声で言う。

和尚と呼ばれた僧は、黒の法衣をまとう大柄な人物であった。年は50歳を過ぎたばかりで、山梨の寺の僧である。僧はゆっくりと立ち上がり、いきなり、机の上を、大きな手でたたいて、

「残念です！　菅原総理は『戦争か平和か』と言う時に、常に平和方向に歩いてきた人物だったと思います。何故ここで急展開して戦争の道を歩もうとするのでしょう。本当に残念です」

他の席から僧に向けて、

「総理も平和の道を歩むつもりじゃないですか？　私にはそう見えています」

という発言があった。

「武器を持つということは即ち戦争の道に立っていることです」

すぐに僧が反論した。

「議長」

と大声で叫ぶように言い、手を挙げる若者がいた。民間防衛組織の幹部の一人である。

「佐古君！　どうぞ」

曽我老人が若者の名前を呼んで答えた。

「俺たち民間防衛の者は、警察に協力して凶悪犯に立ち向かったこともあり、ロボット軍団とも闘ってきた。防衛の為に、暴力を止めるのは、初めから平和を望んでいるからこそのもの。世の中は人間の暴力の他、ロボットの暴力がはびこる時代です。こちらが相応の武器を持つことが、戦争の道となるとは限らない。ＡＩには血も涙もない」

会場のところどころで笑いが起こった。それは『ＡＩには血も涙もない』というところに反応してのもののようだ。

曽我老人が立ち上がり、

「えー、皆様、総理の考えは、初めに対消滅弾《つい》を持とうとする政府の方針に反対の皆様のみの発言を許すことでした。反対の理由を出し尽くして貰うという意図のようでした。しかし、議事の進行具合は、議論のようになって進んでいると思います。これはごく自然の成り行きと考えます。司会者と致しましては、このままの形で進めて行きたいと考えています。皆様それでいいでしょうか。総理！如何でしょうか。もちろん、最終的には、意見を統一する方向で議事を進めてまいりたいと思います。要するに和論の手続きを取って進めるつもりです」

「曽我先生におまかせ致します」

と菅原総理が身を乗り出して言った。

他からも異存がない言葉が飛んで議事は進められた。

曽我老人の口調がさらにゆっくりになってきた。

「えー、どなたでも、御自分の考えを述べてみようとする人は遠慮なく、どうぞ」

それに答えるように若い官僚が手を挙げた。

「皆様、現在の世界の情勢を概観するに紛争をはじめ、外交の諸問題を話し合いのみで自国の利益を守ることはほとんど無理です。世界の100カ国以上の国々が核を持つようになっています。この環境で丸腰での外交はあり得ないと思います。核兵器を抑えられる対消滅弾こそ日本という国にふさわしい兵器と思います。この兵器は一瞬にして、その場を物のない、エネルギーのみの世界に変えてしまう。消滅弾を使うと、敵、味方の双方がその場でエネルギーに変わってしまうのです。要するに敵を消滅するだけでなく、己の側もダメージを与える兵器なのです。己の死をもって敵を倒すのです」

とここで、

「日本らしさは、神風特攻隊か？」

という声が発せられた。それに対し、

「これは特攻隊に自己犠牲を強いたこととは本質的に違うものです。これは神仏に対する謝罪であり畏れです。そして他に対する覚悟を示すものです」

と若い官僚は反論して座した。
そしてその後対消滅弾製造賛成派からも反対派からも発言する者が続出した。
賛成派の最終的な主たる意見は、
「防衛は相手につけ入るすきを与えないこと。今までの歴史の中で残虐な事が起こるのは、無防備なところからである。その多くが弱い者を強者が攻撃する形であった。だから正当な防衛はいつでも行使するという構えが、大切。

性善説か性悪説かの考え方では、性善説に立っても、人はある状況下におかれると、脳がそれまでの理性を失い、簡単に変化してしまう。それは歴史の中でも何度もある。

近い歴史では、ナチが台頭して、大量殺戮を行なった事実がそれを示している。

またカンボジアでの大量殺戮、中国における文化大革命での迫害による殺戮などもある。人類の総体としての年齢をみると、まだ高校生ぐらいであり、物事の道理も含め、様々な知識は持っているものの、知恵が追いつかず、己の行動を抑制しきれず、感情の暴発による行動に走ってしまう。このような時代には理性の抑制には限界がある。

インドのガンジーの非暴力闘争が失敗に終わったのもそこにある。今、人類はまだ高校生の段階と見るべきで、闘いを起こす者が『いる』と見て準備する必要がある。特に『対《つい》消滅弾』は、己もやられてしまうというのがいい」

というものである。

これに対して反対派はあくまでも精神論を前面に出していた。

「戦争を作り出すのは人の心です。平和を作り出そうとする人が、その心を真《ま》っ直《す》ぐにして相手と向き合わなければ相手に通じません。

武器を持って相手と向き合うのは、初めから闘うことを前提にしている。だから話し合うことを前提に考えるなら武器を持たないことです。ガンジーの非暴力運動も十分な成果を上げました。インドの独立はガンジーの非暴力の考えが世界を動かしたものです。人類は平和を築く為に多くの犠牲を払ってきました。縄文時代の1万年間の平和を含め、世界中で平和を築いてきた人々は存在しました。

各地で多くの原住民、先住民と言われる人々は、基本的に平和を前提に暮らしていた人々でした。しかし文明人によって圧迫、迫害を受けて逃げていったり、滅んだりしていきました。

彼らは文明の低さから闘いに破れていきますが、彼らには、文明の低い暮らしをあえてする理由がはっきりとありました。それは自分たちの自然界における地位を、他の動植物たちと同位置においていたところにあります。彼らは人間同士の付き合いと同じように森の動物たちにもあまり迷惑をかけてはならないという考えを持っていました。だから動植物を得て食用にすることを感謝する心が強い。その感謝を儀式化して、祭りにしていたのもその流れで生まれたものだと考えられます。真に平和を考えるとき、この縄文人的原住民、先住民の魂を引き継ぐことこそ、真の平和が得られるものと考えます。

我々日本国民は、文明を持つことで奴隷のような扱いを受けることなくやってこれました。アフリカから連れてこられて奴隷にされた人々や、原住民、先住民と言われた人々の苦しみや悲しみ、そして怒りや絶望感などは味わっておりません。

これらの事実から誰が人としての態度を貫いたかは一目瞭然です。先人類の歴史は民族を滅ぼした側の歴史が表舞台にあり、滅ぼされた側の歴史は、かき消されるものとして存在していました。

しかし、彼らの尊い犠牲は、人類を陰に陽に成長させてきました。それは被害者の魂の昇華だけでなく、加害者側の魂までも、浄化させる働きがありました。

特に加害者側に、『奴隷制に象徴される差別制度を認める社会は、それがどんなに豊かな社会であろうと、その社会から紡がれる様々な愛情や道徳などが、偽りに見えてくる』。

若い人たちの中から、人の犠牲の上に成り立つ豊かさや平和はごまかし、と言う意見が出現していることこそが、その証左となっています。

平和を求める心は嘘やごまかしのない真っ直ぐなものでなくては実現しない」

と言うものである。

ただ、反対する意見に対し、

「武器を持たないと、国民が奴隷になるのを放っとくのか？」

という反対意見が、最後まで付いて回った。

菅原内閣は、当初この会議の後に対消滅弾の製造に踏み切る予定であった。この会議の世論調査では、また国民の総意は各テレビ局、新聞社のアンケートでも、対消滅弾製造に肯定的な人が80％を超えていたからだ。しかし、より確実にとの意見で、国民投票の実施が提案され、実施が決まったのである。

国民投票は国の方向を決定する大切なもの。ということで半年間の準備と、議論の積み上げと、掘り下げもやり確実なものにする。という方針が決定されていった。

（17）

中国は平成年代に急速に経済力を強固にして、アメリカに次いで世界第2位の経済大国になっていた。そして、現在は中国が世界の経済大国の第1位として世界に君臨している。

当然、中国は経済力を背景に軍事力を増大させ、強硬路線を続けていた。

令和の時代、ロシアがウクライナに突然進行し、ウクライナを欧米諸国と切り離すという事態が起きた。この経験を中国は教訓としていた。

それに対して、米国はじめ欧州諸国やオーストラリアなどの国々が中国の強行路線にストップをかけていた。日本も日米同盟の中で、これに加わる選択をしていた。ただ経済的な面では中国の消費力なくしては成り立たないところがあり、中途半端な立場をとることが多かった。

それにより、日本は欧米諸国やオーストラリアからの信頼を失い、中国やお隣の韓国からも軽く見られることが多く、経済的にも弱い国になっていた。ただ地勢学的には重要な位置にある日本を欧米はしっかり掌握していた。

台湾は令和の時代に武力進攻を受けていた。それに反発した欧米諸国が中国包囲網作戦を展開したが、中国は台湾に核兵器使用も辞さないことを通告したりした。そして中国国内のウイグル地区の反乱軍に対し、小型の核兵器を使用し、反乱軍を壊滅してしまった。

これらの事件を中国は「すべて中国の国内問題であり、他国の干渉を許さない‼」

との声明を出し、

「他国の干渉が行なわれた時は、人民軍の一兵になるとも、人民と共にあらゆる手段を排せず、干渉に立ち向かうだろう」

という旨の声明を繰り返し世界に向けて発進した。

その一連の行動が、あまりにも早くて欧米諸国も追い付けず「遺憾の意を表明する」とのんびりした声明を発する国もあった。

アメリカ主導で台湾海峡に第七艦隊はじめイギリスやフランス、オーストラリア、ドイツなどの主力艦隊が集結するよう呼びかけられ、イタリアやスペイン、オランダなど欧州主要国にも、その要請が発せられた。

しかし、中国のスピードと、その果敢なふるまいに圧倒されたように、各国の動きは鈍いものだった。

ただウイグルの反乱軍に打ち込んだ、核弾頭付きのミサイルがロシア領にも打ち込まれたこともあり、ロシア軍が中国国境に集結し、中国軍を牽制していた。

この後ロシアがどう出るか、世界が注目していた。

だがロシアは沈黙を守ったまま、国境線に留まっているのみであった。

世界は核の恐怖に脅えた。

アメリカは火星に移住する計画を平成の時代より実行していた。だから、核兵器の使用についても、非常に前のめりになっていた。

しかし、中国の先制の攻撃が「国内問題」との歌い文句のもと、台湾進攻をすすめ、ウイグルとの闘争で核の使用を果たしてしまった。そして台湾でも起こり得ることを中国自身が世界に向けて発していた。

この事実は米国や欧州の中枢にも、また一般の国民にも言い知れぬ恐怖を与えていた。

それは、中国という国はいつでも一線を越えてしまう狂気があるという認識からだ。

中国はさらに声明を発した。

「中国は欧米諸国の核攻撃の脅しには決して屈しない。何故なら中華民族は自らの尊厳が失われるくらいなら、死を甘んじて受ける覚悟だからだ」

と言う旨の声明も何度か出し、国連をはじめ、世界の国々の首脳人が物言えぬ状態に陥っていた。

そして欧州の国の一部は「人類滅亡の闘いに参加するのは、人間として良心が許さない‼」などのコメントを出しながら、アメリカの後から抜け出す準備をする姿勢をとり出していた。

世界のマスコミは一斉にこのことを取り上げた。そして、

「人類滅亡の時、カウントダウン始まる」

「おごる人類が、いよいよ神の罰を受ける時」

「核兵器は抑止力として働くのか？」

「覇権国家の中国を説得できる力は世界にあるのか？」

「全面的な核戦争になるのか、部分戦争で終わるのか？」

などのテーマを掲げ、毎日のように専門家と言われる人々が解説した。あるいは評論家同士の討論会が行なわれたり、世界が今終わろうとしているとする論調で、マスコミはヒステリックさを挙げながら大騒ぎとなっていた。

そんな時である。アメリカは突然、アメリカ国民の為のシェルターが準備できたことと同時に火星移住計画を詳細に発表した。そして準備は整った。とするコメントをも加えた。

この発表と同時に、アメリカ大統領が「核のボタンは今すぐにでも押す」という声明を出した。世界が震撼し沸騰した。

「これは評論家の多くの人々が、１９６２年のキューバ危機のように静かに冷静になっていない。中

国とアメリカが己の威信にかけて、核兵器を使用して勝てると思っている」

「いや、そうではない。どちらの国も脅すことで、相手が折れると考えている」

「脅し合えば本当に危険である。人類滅亡の危機であるという視点で中国も考えるべきだ」

「アメリカは常に有言実行の国だ。中国は己の強引さが、この結果を生んでいるのを認識すべきだ！」

「アメリカファーストによるアメリカ政府が自《みずか》らの強引さを認識すべきだ。根本はアメリカ側の理不尽にある」

先進国と言われる国々の論評は、皆似たように「中国の強引さが問題である」と言うものが圧倒していた。

そういう中で、北京天安門前と上海の二大都市で大きな集会とデモが催された。

天安門での集会は「核戦争に突き進むのは軍の行き過ぎ!!」とする若手の政府高官の呼びかけに集まった学生や、インテリ層の若者の数千の人々であった。

しかし、中国政府は、これをすぐに軍と警察によって抑え込んでしまった。そして中国政府は、

「若者の中の、一部の弱虫連中が、国家の真《まこと》の心を知らず先走った行動に出た。これは本人たちは認識してないかもしれないが、国家転覆罪になる」

との旨の声明を出し、次の日の天安門広場はいつもと変わらぬ穏やかな場所になっていた。

しかし、その次の日に、中国最大の商業都市の上海でデモが行なわれた。

このデモの主催者は政府関係者ではなく、民間企業の社長たちであった。

規模は千人にも満たない小さいものだが、集まって来た連中は、金融業をはじめ、ＩＴ関係の大物から華僑の大物、そして有名大学の教授や、政府の中の宇宙開発に係わる博士や技術者など、経済界をリードして来た人物とそれを理論的に技術的にも支えて来た人物だった。そして、そこにマスコミ関係の大物も加わっていた。

ここで集会が要求するところは、

「核戦争反対」であった。

中国内でこんなデモが行なわれることは、ほとんどなかった。

それだけに欧米諸国が大々的に報道し、世界に知れ渡ることになった。

北京の集会や上海のデモが世界に報道されて後、中国の重要都市部から次々と、集会やデモが行なわれていることが伝えられた。

しかし、それまでのように地方都市の集会やデモは警察や軍によって抑え込まれるのかと思っていたが、そうはならなかった。

世界の報道は、中国政府内部で闘争が始まったとの見方を強めていた。

修陣平体制が確立されて以来、中国は順調な経済をバックに強行路線を進め、現状の変更を南シナ海（南沙群島）から始め、フィリピンやベトナムとも紛争を作り出していた。台湾に関しては、真正面から領土上陸を少しずつ進めていった。

そのやり方とは台湾の海岸線の中の小さく何もないところを狙って上陸し、少しでも反発があれば、すぐ引き返すという手法だった。

だから台湾軍も米軍も、事態を甘く見てしまったところがあったのだろう。

すぐ引き返した中国軍は、再び上陸作戦を行なう。この作戦を何度も繰り返し行なうことで、上陸を既成事実化して、「我が領土に軍を進めるのが、何が悪い‼」と居直るのである。

このやり方は南沙群島でのやり方と同じである。既成事実を作り上げては、後は力で押しまくるやり方である。

最初に上手にいったので、今日《こんにち》それを当然のように強引にやって来ているのが今の中国である。

修陣平時代に確立された独裁体制は、現在名目上は「最高幹部会決定」とあるが、いよいよ強化され、密告制度が網目のように張りめぐらされ、人々の反抗はなかなか起こらない国になっていた。それはスターリン時代のソ連とは比較にならないほどで、国民一人一人の自由は奪われていた。

しかしこれらの認識を含め、中国国民は多少の不自由さは、国を富ませたり、国の防衛の為必要と考える、と発言する人が今だに多かった。

事実、中国政府は独裁が故、意思決定も速く、経済成長を成しとげる時にも、そのことが有利に働くことが多かった。

軍事行動においても、意思決定の速さは戦闘能力を高め、「負けることのない軍隊」と世界的評価があると、中国軍が自《みずか》ら広報などで宣伝していた。

しかしこのたびの事態は、今までと違うと考えた人々がいた。

中国国内のインテリ層をはじめ、民間各界の中枢にいる人たちが、今の事態をナショナリズムと人類破滅の関係で見つめ出していた。

特にアメリカは、本気で核戦争を始めるつもりでいる。その為に1960年代に極秘計画の一つとして、核シェルターを大小合わせて、国民全員3億5千万人を収容できるものを計画的に作っていた。そして同時に火星移住計画も進めてきた。

これらは、同盟国にも知らされないどころか、アメリカの上下院の議員たちにも知らされず、大統領と側近の者が知るのみであった。

それはちょうど、核の鍵を手渡す作業と同じように、事務引き継ぎのように行なわれてきた。

基本的には民間の人たちに様々なシェルターを作るように勧めていた。しかしそれは一定の収入以上の人たちができることで、多くの貧しい人たちはシェルターを持つなど夢みたいな話になってしまう。

政府はそれぞれの州に地下シェルターを人口《じんこう》に合わせて作っていった。

このたびのアメリカ政府の発表はそのシェルターが国民のすべてを収容できるまでに作られたという発表だったのだ。

アメリカの様々な企業は安価で品質のいいシェルターを、同盟国はじめ各国に販売していた。その売れ行きが爆発的になっていた。

このような状況で中国国内のデモや集会がだんだんと活発になっていた。中国政府はそれまでの抑え込む方針から対話に切り替えたのか、党の幹部が、地方の集会に出向いて党の方針を説明することも出はじめていた。

それは各地方の集会の要求が体制批判ではなく、主に性急にみえる強行路線の転換を求めている事を表明しているからだった。そして集会やデモの主催者たちが、その都市の重要人物であり、国にとっても重要な人物であったからだ。

党の方針が対話に変わったことを見定めたように、集会やデモは一気に全国に広がった。

それに対し、中央からの指示もなく、各地方の党組織や団体は皆一様に沈黙を守っていた。

中央から地方組織の党の機関が機能停止に陥ったように動きがなかった。

集会やデモが全国に広がりを見せたが、中国政府の反応がない。それをそれぞれが無気味に感じたからか、集会も何か戸惑いを持っている。

集まった人々の中に熱気はあるのだが、燃え上がり切らない。

そんなことが5日ほど続いた後、国内の各報道機関すべてが、「本日政府最高機関の決定があるのですべての国民はこれを読むなり、聞くなりするように」との党常務委員会改め最高幹部会の一人の幹部の署名入りの論文が発表された。

その論文の要旨は、

一、まず共産党の考えと、導き出された決定事項を述べている。それは党は今こそ西欧文明の力の轭から、完全に解放される為にこの闘いに勝たねばならない。

一、中国人民、いやもっと広く、アジア、アフリカ、アラブの人民は、この数世紀に亘り、西欧文明の価値観を押しつけられ、自らの歴史を引き継いで、自らの国を作ることができなかった。

一、我々の歴史には数々の物語もあるし、参考にすべき歴史的な国々も多数あった。

一、中国全土を初めて統一して闘争を終結させた秦の始皇帝は、現代の我々が見習う偉大な王朝の一つである。

一、我々が世界を統一する為には力が必要であるが、その力は武力においても負けてはならない。

一、しかし、その力の中で今最も必要なのは、中国国民が団結し、一致した考えのもとに行動し、アメリカはじめ西欧文明の価値観からの圧迫に打ち勝つことである。

一、その一つである「自由」の問題があるが、真の自由を言うなら「国家」というものを壊すことである。自由とはこれに反する制約と同時に語られなければならない。

一、自由度の多い国作りもあるが、少なくなる国もある。それは何を目指す国かによって違ってくる。

一、制約の多い国が自由の多い国を批判することがあってはならない。同時に自由が多い国が制約の多い国を批判する権利もない。

一、自由を主張する時、その自由を行使することで他に迷惑をかけていないかを考えるべきである。

例えば、言論の自由のもとに発言した内容が、ある一家を死に追いやることもある。（具体的には言わぬが、そのような事例は多々ある）

一、自由が大切であることは当然であるが、これは他にどれだけの迷惑をかけるかを考えれば、制約と同時に語られるべきである。

一、自由より「公平」「平等」こそが、人が生まれ出ずる時から保障されるべきものである。自由とは公平、平等を確立できて後に、取り組むべきものである。

一、我々アジアの人民は21世紀になってもまだ、真の公平、平等が与えられていない。

一、西欧文明が奴隷制を作り、先住民族の暮らしを破壊し、民族を滅亡させて現在の世界の秩序が出来上っている。この時の暴力により作られた不平等、不公平を元に戻すことこそ先にやるべきことである。

一、この闘争によって、人類が滅亡の危機にあると声高に言う人々がいるが、我々は今日までの長い年月を破滅の道を歩まされ続けてきた。核戦争が人類滅亡を作り出すという人は、まず自ら核兵器を手放すべきだ。核兵器にさんざん脅かされ、国民の命を守らんが為、不本意ながら西欧文明に従ってきたのは我々である。

一、今までの弱者が核兵器をもって発言することが不当なことなのか？　どこの国にも負けない国家を作ることが悪いことなのか？

一、人類滅亡という言葉は我々には通じない。何故なら、我々は常に滅亡の淵に立たされていた。

それをほんの数ミリ押し返しているだけだ。

一、中国人民及び世界中の同志の皆様。我が中国共産党の真《まこと》の心を吐露したが、中国共産党最高幹部会は人民及同志とともに突き進みたいと思うが、幹部会の中から、人民の心の声を聞くべきだとの意見があった。

一、そこで国民投票をやり、そのうえで意思決定をすべきと考えた。幹部会は人民及世界の同志たちを心から信じての決断であることを付加する。

と、このような旨の論文が発表された。

それから1カ月後に中国全土で国民投票が行なわれた。そしてその結果が、3日後に各新聞やラジオ、テレビに一斉に流された。

ただインターネットには乗らなかった。

国民投票の結果は、

一、断固戦う。核兵器には核兵器で。　0・1％

一、平和的に話し合うが、だめなら戦う。　2％

一、核兵器を使わず断固戦う。　1％

一、あくまで話し合いで解決する。　55％

一、解らない・国にまかせる。　42％

中国政府にしては大変めずらしいことだが、国民投票を実施して、民意を問うたのだ。ただ、その設問の仕方には問題があると、西側の識者が一様に言っていた。

しかし、世界はこれを驚きをもって歓迎した。そしてその結果にも驚き、論評を加えた。

その主たるものが、中国国内は、やはり話し合いの平和解決を望んでいる、政府の姿勢との乖離を感じるなどと言うものが多かった。

中国政府は、世界の論評が喧《かまびす》しい形で飛び交う中国民投票の結果を歓迎する意を発表した。

「まず最初の設問に対し、核戦争になっても断固戦う国民が、1000万人以上いることに感銘を受けたことを伝えている。そして闘う姿勢を貫いている国民は4000万人以上いることを言う。解らないけど国にまかせると考えている人々は、やはり戦うことを決意している人たちで、数億人いることである。

中国人民の意識の高さを知り、感激の極みである。

あくまで話し合いでの解決をと考える国民は都市部の知識層に多い。彼らは、今日まで豊かで力強い国家を作り上げてきた共産党の役割を熟知した者が多い。彼らは国の方針の行き過ぎを心配し、人類滅亡などという宣伝文句に翻弄されている国民に対し冷静に考えることを促している。そもそも我々こそが公平で平等のテーブルを囲み、話し合いで真の世界秩序を作り上げたいのである。しかし、その要求を初めから受け付けないのが、西欧文明の力の政治であった。

あくまで話し合いで解決をと考える国民は視野も広く、冷静に情勢を見つめている者たちで、そもそもの我々の立場を理解し、その経過も解った上での態度表明とみている。

彼らも後顧の憂いを取り除く一員となってくれる人々と思っている。

我々はこのたびの国民投票により、多くのものを学ぶことができた。我々共産党が民の声を重視していることは西側諸国にまさることがあっても劣ることはない。それが国民投票である。何よりも我が国民が国を憂い、その解決の為、我が身を投げうつ覚悟でいることを知り得たこと。これこそ国民重視の証しである。

我々は西欧文明からのあらゆる攻撃に対し、決して敗れることはないと確信している」

と言う中国風の解釈になっているが、このような旨の内容であった。

（18）

中国の国民投票や最高幹部会の論文などが、日本の国防会議で出された内容を真似した部分があるのでは？　などと一部のメディアから言われ出した。

それと同時に弱小国になっていた日本が、国際的に脚光を浴びることになった。そして世界のメディアが、一斉に日本の国防会議のことを発進すべく動き出した。

「かつての科学技術国日本が、究極の爆弾、対消滅弾を製造か？」

という旨の見出しで報じていた。

それに対し各国のコメントは冷ややかであった。

同盟国のアメリカは、

「我々に何も知らせずに、対消滅弾を製造するとは、裏切り行為に通じる。甚だ遺憾である。ただ、今の日本には実現は不可能である」

とすこし怒りを持ったコメントであった。

他の欧州各国は、対消滅弾ができるのは、まだ一世紀先と考えており、日本がそれを製造するだけの科学力、技術力が整っていない、と見ていた。

ロシア、中国は欧州諸国と同じように、日本の科学技術力は韓国や北朝鮮より下と見ていた。

事実、軍事力の増強を強く進めてこなかった日本は、令和の時代に世界から大きく引き離されていった。ただロボット工学は相変わらずトップクラスであった。

ミャンマーが軍事力を強める中、タイもフィリピンも、カンボジア、ベトナム、ラオスなども防衛力の強化を図り、日本と肩を並べたり追い越していく国も現われ、結局日本は東南アジアの普通の国となっていた。

インドネシアや韓国、北朝鮮は、そのグループより一段上と世界では見られていた。

令和の初期の時代より日本は徐々に国際的評価を落としていた。

環境問題においても、特にCO_2削減は石炭での電力確保が30％の日本は、中国やインドなどの石炭依存の高い国からみるとまだまだいい方という甘えもあったのか、欧米からの強い批判を浴びることになった。それだけではない。

日本は難民の受け入れが非常に消極的であることを世界から批判されていた。そして環境問題の石炭を扱う先進国として化石賞という皮肉を込めた賞を授《さず》かったり、と日本のイメージをダウンさせようとする者たちの暗躍も活発になっていた。

ただ日本は石炭に依存はしているが、排出物の無毒化、CO_2排出削減では進んでいた。

日本の評価は令和の時代に入ってから急速に悪くなっていた。

にもかかわらず政府はそれに対する対策を打ってこなかった。いや打ってはいるが、力強くはなかったと言える。

菅原総理の一代前の時代まで、政府は開かれた日本ということで、細菌やウイルスなどの感染対策に万全を期し、外国人の受け入れに力を注いでいた。

しかし、かつてのように外国人が多く訪れることはなくなっていた。

多くの外国人が、

「昔のような正直で親切な日本人が少なくなった。合理的できちんとした態度ではあるが、昔の温かさや優しさを感じられる人が少ない」

との評価が一般的になっていた。

日本は貿易立国でもあったが、外国からの評価が様々なところで急落することで、貿易収支の黒字額も右肩下がりになっていた。

最近では曽我老人が総理秘書に再び起用されるようになった。その日本政府もこれまで食料自給率を上げたり、生活困窮者への支援などを政治の主要政策としており、内外から内向きの政府と評価されるようになっていた。

安全保障問題では日米同盟が基軸となっていた。しかし、両国間の思惑が噛み合わず、話し合いは遅々として進まなかった。

それが菅原内閣となって急速に進みだした。国民の武器所持の有効性をアメリカから学んだという菅原総理の発言が契機となった。

菅原内閣は民間防衛隊のイメージを含め、スイスのような形をとることを閣議決定として、国民に訴えた。その結果、民間防衛隊は広く認知されるようなった。特に米軍との関係を密にして活動することを訴えていた。国民からは武器の管理及び使用方法の教育、制限などが要望として出され、だんだん形が整ってきた状態であった。

武器の管理は町村の段階で管理し、使用に当たっては、町村の防衛隊理事10人のうち5人が認可し、残る5人が反対ではないことを条件に使用許可が下りる仕組みとなっていた。

日本は国家規模が縮少されてから、20年近く経っていた。人口は9千万を切る状態で工業生産より農業生産に力が入った国に変わってきていた。もちろん貿易立国ではあるが、収支の黒字幅はやはり縮少していた。ただ食料自給率は上がっていた。

一方、内需は拡大していた。科学技術の発展は基礎的な部分に集中しており、宇宙技術に関しては平成時代とあまり変わらない、時代遅れの宇宙ロケットを保有しているにすぎない。

だから民間が宇宙旅行会社を創設して、実際に宇宙に飛び出していく国が多かったが。日本はその流れには乗らなかった。政府はアメリカやオーストラリア、中国、ロシア、韓国などの会社を利用するよう国民に勧めていた。

日本は宇宙旅行の需要が多かったが、自国でこの旅行会社を作ることには消極的だった。

(19)

アメリカとその同盟国による軍事訓練が台湾海峡から、西沙群島までの範囲で行なわれた。その参加主要国はアメリカ、イギリス、フランス、ドイツ、イタリア、インド、オーストラリア、スペイン、カナダ、オランダの10カ国であるが、加えて韓国、フィリピン、日本、インドネシアの４カ国が支援部隊として、参加させられた。

アメリカの狙いははっきりしていた。

中国の覇権を徹底的に抑え込むことである。

それに対し中国側はあくまで、核攻撃に対しては核兵器で反撃する、我が国の核兵器搭載のミサイルが2万発に及ばんとする、敵国の主要都市に目標を定めていつでも発射できるとの声明を発している。

中国はアメリカの本気度に負けないくらいの本気度を世界にアピールしていた。

この中国の姿勢は世界から一斉に非難されることになった。同時に国内の共産党の長老グループや知識層、学生らからも批判を受け出していた。

中国指導部は、中国が援助を行なっているアジアの国々やアフリカ諸国の要人たちに、アメリカ及び西欧列強の横暴に対する抗議のメッセージを要求していた。しかし、多くの国々は「話し合いでの問題解決を望む」という型通りのメッセージを送るだけで、中国が満足するような声明を出した国はなかった。

日本はこの時、中国の要請に基づいて外相が訪問して、直接会談をすることになった。そして、日本の考え方を伝えると公言していた。

中国訪問の前に外相には曽我老人が秘書として同行して、ロシアを訪問して話し合いを行なった。

そしてその後外相一行は中国に入って会談を行なった。

会談は4時間以上行なわれたという報道もあったが、共同声明も出ない、物別れ的な会談という評価が付けられた。

そういう中でアメリカが再び強いメッセージを出した。

「中国は、人類が血と汗、そして命を投げ出して勝ち取った民主主義という宝、自由という宝石を打ち壊そうとしている。我々アメリカ合衆国の指導者は、この核戦争に勝利する為、今すぐにでも生命を投げ出すグループと、核戦争後の人類の歩むべき道を切り開くグループの二つに分け対応する。横暴な中国指導者の思う通りにはさせない。我々は、方舟の用意はできているし、いつでもルビコン河を渡る用意もできている」

と、このような主旨のものを発表した。

「方舟の用意はできている」とは、旧約聖書の『創世記』にあるノアの方舟からの引用で、人類のリセットも覚悟しているということである。具体的には国民すべてを収容できる核シェルターを造っている。人類の復活をも考えているということである。「ルビコン河を渡る」というのは古代ローマのユリウス・カエサルの逸話からの引用で、聖域に踏み込むという決意を示している。

「アメリカは西欧文明社会が築き上げてきた財産を、中国には惜しみなく分け与えてきたつもりだ。それには中国が民主主義国家を構築し、世界の価値観を共有していくことが暗黙の了解であったはずだ。中国は見事に裏切り、ただ取りっぱなしで見返りをよこさず、立場を利用して弱い国、弱い立場の者から奪うのみである。このスタイルの奥にある考え方は、人権無視である。対等の立場を許容することで貿易は成立し、経済的取引も成立する。

だから我々はウイグル問題、チベット問題なども人権問題として重要視するのである。台湾問題、香港問題も、人権問題になってきたことが、民主主義陣営に大きなショックを与えている。

中国は人権問題を取り上げると、すぐに『内政干渉だ』と言う。そして中国指導部は、人権問題に

触れると、

『我々は人権問題の前に、食べて行けない人々に対しての問題、生存権問題をどうするかがより重要なのである。世界の国々から確かに多くのものを頂いたのは事実であるが、それに見合うだけの安い労働力をはじめ、奪われし過去を見れば解るように、十分過ぎる見返りは払っている』

などと反論する。

これはごまかしである。我々は中国の多くの民に職を提供しているし、最新の技術も提供して、中国の国家の発展に寄与してきた。

アメリカ合衆国は中国の言い分に十分耳を傾けてきた。

かつてのアメリカ合衆国のやり方とは違う公平を重んじたやり方で接してきたつもりである。

しかし、中国指導者たちは我々の心を汲み取ることもなく、交渉を常に振り出しに戻すような形で自《みず》らの立場を有利にすることのみである。アメリカ合衆国だけではないが、世界の主要な国々は、今日の中国国家を発展させる為、協力をしている。その恩に報いる事を口にしながら何を中国はやってきただろう。多くの国々が中国に煮え湯を飲まされている。アメリカも当然同じような目に遭っている。

アメリカ合衆国はほぼ堪忍袋の緒が切れている。ほかの同盟諸国に呼びかけているが、今や他国のことなどはどうでもいい。アメリカは単独でも闘うつもりである。ただ、アメリカ合衆国は先制攻撃をするつもりはない。しかし、中国及びその支配下の国、同盟の国がアメリカ及びその同盟国に対し、それがどのように些細な事柄であろうと、攻撃を仕掛けて来たら、すぐに核攻撃を含む、あらゆる武器での反撃を行なうことを宣言する」

とこのような旨の声明を発表した。それと同時に「一つの中国」についての見解を発表した。

それは「台湾の制度に統一することを望むという意味での『一つの中国』である」というものだった。

世界の報道が真っ赤に燃え上がるように過熱した。その見出しには、

「人類滅亡のカウントダウン始まる!!」

と言う論調のものが圧倒的に多く、「世界は終末を迎えた!!」と宗教家と称する者の言葉が圧倒的な熱量で掲載されていた。

世界は現実的な核戦争の成り行きを伝え始め、日本の広島、長崎の原子爆弾の破壊力を詳細に伝え、その何百、何千倍の威力を強調するように報じていた。

そして、ニューヨークの市民はじめ、ロンドン、パリ、ローマ、ベルリン、ブリュッセル、アムステルダムなどの欧州各国の主要な都市では、ニヒリズム的な評論をする人が多くなっていた。欧州各国は絶望的な厭世気分が学校や病院はじめ様々なところで蔓延していた。特に文化的に進んだ国の都市では市民がパニックに近い状態で行動し始めた。

それは自国の政府に対し、国民の為の核シェルターの製造をヒステリックに要求する人々や、中国

やロシアの大使館に押し寄せ、抗議行動を派手に展開する人々が現われたりしていた。

その抗議行動をする人々の集まりの中には拳銃や小銃を携帯する者が混在し、街中が荒れるに任されていた。

そんな中、南沙群島の一角で中国の原子力潜水艦が炎上爆発するという事件が起きた。

中国は直ちに、

「外国勢力による攻撃に対し、断固戦い、勝利を収めるまで反撃を続ける」

との旨の声明を発表した。

世界は中国の原潜が攻撃された瞬間、いよいよ核戦争に突入すると、大パニックに陥った。

しかし、中国の発表が、すこし緊迫感を和らげた。

そしてアメリカはじめ、ドイツやオーストラリア、イギリスなどの報道機関が冷静な分析を行ない発表していた。それは、

「中国原子力潜水艦の一番近い外国原子力潜水艦はロシアのもの2隻である。そしてロシアの後に北朝鮮の潜水艦が2隻のみ。その周りにどの国の潜水艦も存在せず、空からの攻撃ではないのが明らかである。アメリカはじめ、西側諸国、民主主義国家の攻撃ではない」

このような旨の発表をしていた。

このような中、中国が突然、

「ロシアの原子力潜水艦に攻撃を受けた」

と報じた。

世界のマスコミ報道が一時、機能停止したように動きが止まった。

次いでロシア外務省が声明を発表した。

「友交国の中国に攻撃をする理由が見つからない。これは巧妙に仕組まれた謀略である。ここに米国と西欧諸国の強い悪意を感じる」

という旨の声明だった。

このロシアの反応に対し中国が再び声明を出した。

「ロシア軍の痕跡が幾つも残っており、我々は報道に自信を持っている」

という旨のものだった。

世界の報道がすこし右往左往して迷ったように様々な動きになった。

「中国人民軍の調査が入れば、さらに詳細が解ってくるだろう」

との発表があり、世界の報道が再び活発になっていった。

ただこの後、中国はロシアに反撃もせず、外交交渉を行なうとの発表もせず沈黙を守っていた。

それに対し、ロシア側もこの問題について一切のコメントを発信しなくなった。

ただ、中ロ（露）国境に両国の軍隊が数万単位で集結していた。

両国とも「通常演習の範囲」とのコメントを発して、演習を行なった。その演習の規模と激しさに各国は驚いた。

それまでのアメリカを中心とする西欧の国々と中国との緊張関係が国際情勢の中ではすこし薄らいでいた。

そして、それから半月が過ぎると、中国のアメリカ及び西欧列強に対する強硬な発言が少なくなっていた。

同時にアメリカはじめ西欧列強の方も強い発言を控えている様子だった。

なんとなく国際情勢は緊張緩和がだらだらと、あいまいに続いていた。

（20）

政府の科学技術促進部には、かつてない予算が付いていた。その主たる使い道は対消滅弾の製造成功の予算ともいえる。

科学技術庁の中の一部門に過ぎない部であるが、特別の任務と役割を担っていた。

対消滅弾の実現が一つの任務であるが、その難しさは各国も知るところである。だからその実現がかなわぬ場合もあるので、整合性のあるすっきりした理論構築が最低条件となっていた。

これらのことを、広瀬博士を中心とした研究者グループが任されていた。

広瀬博士の研究グループは、今後10年間で対消滅弾を製造することは無理であろうという結論に達していた。

対消滅弾は、この地球上の物質とは全く反対の物質、いわゆる反物質を作り、それを敵国に落とすものである。反物質を地球上のどんな物質と接触させても、一瞬のうちに両者は消滅し、その物質が消滅した時に出るエネルギーがすさまじいものになる。

反物質は素粒子の段階では作り出されている。しかしこの段階から物質化するには、まだ難題がある。もし物質化が実現できても、それを保存、運搬する方法は完成していない。

そもそも反物質とはどういうものか。それを知るには、物質を知る必要がある。『物質』とは核子と電子から成るものと言われる。要するに物質と言えるのは、核が形成され、そこを回る電子があるというのが必要条件となる。そこで広瀬博士の研究グループは、そもそもこの宇宙は非物質が物質化され、物質化されたものは次に非物質化される。その繰り返しが行なわれているのが宇宙であり、その視点をもって宇宙の膨張も、ブラックホールも、暗黒エネルギー、暗黒《ダーク》マターも、そして銀河や銀河団も、さらには常物質世界に対する反物質世界の存在も見ていかなければならない。その為に次のことが言える。

（一）宇宙膨張は限定されている。

（二）宇宙膨張は常物質と反物質が同時に生まれ、互いが反発する斥力が生み出している。

（三）ビッグバンのような爆発が起きた時点を我々は、太極（点）と言う。これは様々な非物質がある点で交わり、物質化を進める極点である。ここでは、常物質と反物質が同時に生まれている。

(四)何故、常物質と反物質が同時に生まれているかは、物質化される前の非物質の運動とその形態を知る必要がある。

(五)非物質は、まず宇宙の左上と左下、右下と左上というように、それぞれが存在する位置があった。その位置の違いは非物質に違いをもたらしていた。

(六)左上の非物質はそもそも上にあり、必然的に下りて、左下の非物質と合体することになる。逆に右下の非物質は下にあって上がることで、右上の非物質と合体することになる。

(七)左の合体した非物質と右の合体した非物質がある極点で合体する。ここでの極点で初めて非物質の物質化が行なわれる。(太極＝ビッグバンに相当)

(八)ここでは物質化の為のエネルギーが使われる。そして、同時にここで物質化したものが互いに反発する斥力をもって左右に分かれていく。

(九)物質化は一度ではなく、何度も起きている。そこがビッグバンとの違いだが、この極(太極)は、一度に非物質を常物質化することと、反物質化することができる。常物質と反物質の違いは＋《プラス》が上に在るか下に在るかの違いである。(＋－)か(－＋)。その為のエネルギーもこの時の合体により生まれる。そしてさらに同時に斥力の元となるのもこの太極で＋《プラス》と＋《プラス》が反発し、太極の点を広げるように空間を作り出していく。いわゆる膨張である。それは左上と右下に分かれるように反発し、物質化をそれぞれ進める。非物質同士の合体の太極が繰り返されることで常物質化と反物質化が進み、互いが反発することで斥力の積み重ねが起きる。要するに＋《プラス》と

＋《プラス》の反発力が重なって行く。
（十）この常物質と反物質との間で働く斥力こそが、宇宙空間を膨張させ真空を作り出す力である。
（十一）このまま太極の働きは続いていくが、物質が作られ続ければ、宇宙は無限大に大きくなる。しかし、そうはならない。
（十二）作られた常物質と反物質は、だんだんと奥へ引き離される。それは＋《プラス》と＋《プラス》の反発力（斥力）が作り出しているのだが、螺旋状に回転しながら今度は違った領域に入ることで物質が非物質化していく過程に入っていく。
（十三）同時に物質の非物質化に進む過程は、常物質の領域で考えれば、ブラックホールやクエーサーなどの存在が考えられる。
（十四）我々の描く宇宙は、非物質が物質化（常物質及び反物質）される過程であり、逆に物質化されたものが、非物質化される過程でもある。
（十五）主として４種の非物質の運動が次々と合体することで、順次非物質の個々を成長発展させる。太極のところでは非物質の状態でありながら、物質が必ず保有しなければならないエネルギーや質量などの要素を４種の非物質を統合する形で保持し、そしてこれらの合体により、物質化が行なわれる。
（十六）逆に言うなら、物質というのは４種の非物質の要素を持ち合わせなければ物質化しないことにもなる。その四つの要素とは、

(一)常に左の上に在り、動的で活発なもの。物質化の主体。
(二)常に右の下に在り、静的で成長的休養的なもの。物質化の主体。
(三)常に左の下に在り、静的でありながら活発でもある。物質化においては脇役的であり、作業者的。
(四)常に右の上に在り、動的でありながら、成長的、休養的。物質化においては脇役的であり、作業者的。

このような条件に基づいて、左上の領域から右下、右上、左下の領域を＋《プラス》と－《マイナス》で表現すると、

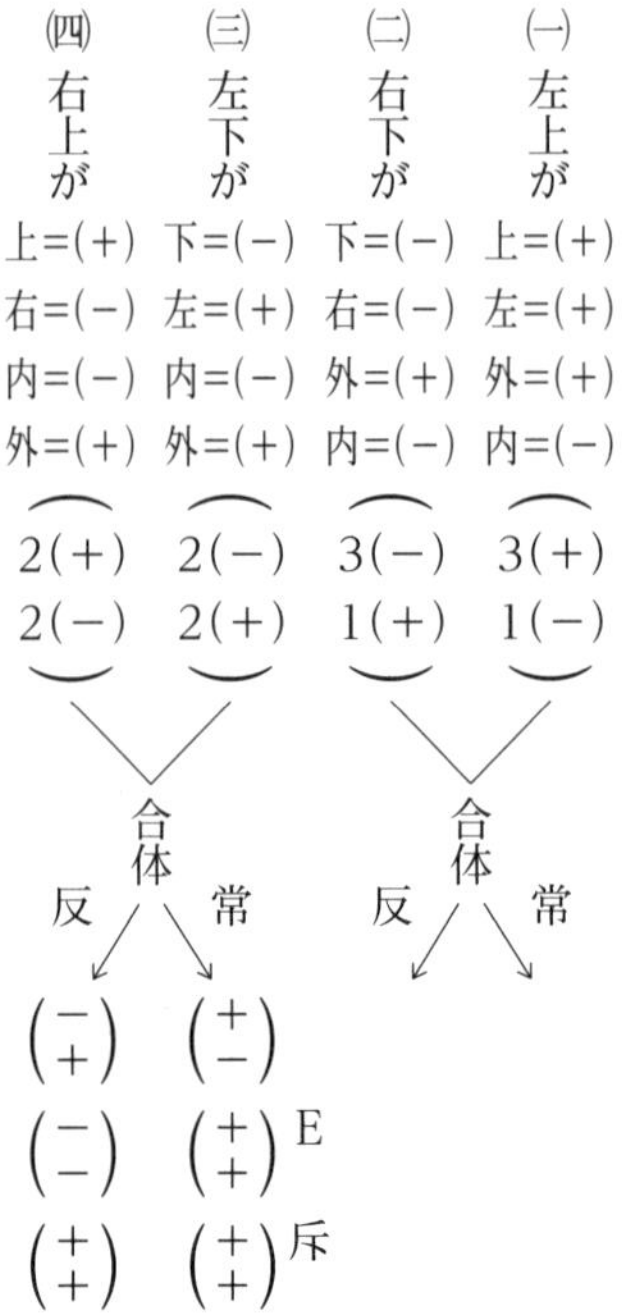

◎合体の組み合わせはいろいろ考えられる。

図のようになり、非物質の要素は最低でも12要素なければならない。その上、合体により新たなものが作られている。

非物質とは現代言うところの素粒子を想定しているが、果たして現在発見されている物だけで間に合うかどうか解らない。ただ素粒子を今までの視点だけで捉えるのではなく、新しい捉え方を大胆に取り入れることも必要になるかもしれない。

素粒子は物質を形作るものから、力を他に伝えるもの、そして万物に質量を与えるヒッグス粒子などに分類されている。

しかし、この他に素粒子のもつ性質の違いは、太極（ビッグバンと同じ）の時、物質化が進行する中で（＋）と（＋）、あるいは（－）と（－）のように、相反発する物同士の接近があり、互いに反発する形がシステムとして作られていったと見るのである。この結果、斥力が作り出されたと見るのである。

要するに大宇宙の中の外側のものが、初めは上下で合体し、次に左右で合体し、そしてその外側にいたものが内に入り、一点で極に達した者同士が接触する。この内に入ってきた左右の物同士が、上下と左右の全体の一点で接触する。これは必然的であり、なるべくして為るものであり、この上下、左右から鋭く極って一点で接触する。これを太極といい、ビッグバンに相当するものである。

それはともかく、ここで重要なことは、斥力のことである。

太極（ビッグバン）によって斥力が作り出されるということは、常物質の世界だけでなく、反物質の世界が作られていったということでもあった。

常物質の世界と反対の反物質の領域が生まれることで、逆に斥力が宇宙の中の主要な力となっていく。

そしてこの斥力は宇宙を膨張させている原因になっており、同時に真空を作り出している。

ここで注意が必要なのは、「宇宙を膨張させている」と言う場合の「宇宙」は、銀河が生まれ活動しているところであり、物質化された領域を指している。物質化される領域は宇宙全体で見ると、ほんの4分1ほどの領域になる。

残りの4分の3以上の領域は非物質の領域となっている。

本来の宇宙は、4分の1の領域の物質化が行なわれる部と、残りの4分の3の非物質が存在する部を合わせたものを言う。だから宇宙膨張は物質化が行なわれる領域でのことで、あくまで部分現象である。

宇宙の膨張は太極と同じように、左側全体の非物質と右側全体の非物質が、それぞれ先端の鋭い部分に打ち当たるように合体する形が何度も起こっている。その度に反発し合う斥力が生まれ、同時に旧太極と新太極の間でも斥力が働くことになり、結果として斥力が積まれ膨張として映ることになる。

しかしここでの膨張は、今度は物質が非物質化することで終わりとなる。

我々は物質の存在を前提に宇宙を見ているが、大宇宙は外側に非物質の世界があり、中に物質の世界がある。物質世界は、外側の非物質の世界に近づく中で、自ら崩壊をしたり対消滅的な事が起こり、非物質化の方向に進んで行く。この現象は、ブラックホールの出現や、クエーサーの現象が相当するのではと考えている。

広瀬博士らのグループの考える宇宙像は、このようなものであった。そして、そのうえで「対消滅弾」の製造は不可能であると決論づけた。しかしそれに変わる装置は作れるとした。

それは斥力を捉え、これを誘導する装置で、＋と＋の状態を一部遮断して＋《プラス》の反発力を消すことで、遮断された部の物質が大きな変化をもたらすことになる。それは他国に爆弾を落とし破壊するのではなく、一部遮断により、遮断された領域の物質が自ら崩壊する形になる。

理論的には製造可能で、遮断物質がどのようなものになるかは調査が必要だが、十分成功する見込みはある。

このような形が広瀬博士グループの見解であり、発表された。もちろん国内向けの発表であったが、これにいち早く反応したのが、アメリカと中国であった。

同時に広瀬博士らの宇宙の見方にも世界の目が集中した。

広瀬博士らは、対消滅弾はなかなか製造は難しいが、それに代わるものを発表したのである。その独特な宇宙像とともに、装置も注目されることになった。

(21) 再び国防会議

国会では対消滅弾の製造が無理なことと同時に、それに代わる装置が理論的には作れることが報告された。

それを受けて国防会議が開かれた。

冒頭、具体的なところで、(＋)《プラス》と(＋)《プラス》で反発しているとして、その一方である(＋)を遮断することはできても、その後の地球上の環境を含めどうなるかは不明とあった点が取り上げられた。

この報告で議論は大きく分かれた。

その一つは、宇宙の新しい見解が、あたかも当然正しいように考えているが、世界の評価との違いをまず埋めることが先であるというものであった。

そしていまひとつは、報告が正しいものであっても、このような宇宙の営みに係わるような兵器の開発を、日本人が率先してやるのはどうであるか？　というものである。

そしてこれらの反対意見に対し、推進すべきとする意見が大きな割合を占めていた。

その主たる内容は、現実のところで、２０２２年にロシアのウクライナ侵攻が起こり、ウクライナ国民が多数殺されていた。

侵略してくる相手にどう対処するかの問題で、武器で劣るウクライナは西欧諸国の国々の援助で同等に闘うことができた。しかし、ウクライナ国民が多数虐殺されたり、ロシア兵を含め、多くの生命が失われる結果を生み出した。

このことから、ロシアがウクライナに侵攻したのは、兵器、武器の圧倒的優位性を保っていたからで、侵略されない為には強力な武器、兵器の所持が欠かせないことが条件になっている。強力な兵器、武器を所持することで、侵略されないで済む。侵略する者は、相手が強い時は侵略を控える。

事実、北朝鮮は核兵器を持ち、ミサイル攻撃も活発にできる軍事的国家を作り、他国の侵略を防いできた、と評価されている。

国民の意識も軍備費に予算を回すことを承認する人々が、80％近くに達している。

これは、国民は侵略される屈辱は受けたくないという意志表示である。

国の責任として国民の生命をしっかり守らなければならないのは当り前で、対消滅弾に代わる装置が完成すれば、日本は世界のどの国からも侵略されることはなくなる。

この対消滅装置はそれほど高額にはならず、武器としては、核兵器のような残虐なものでもなく、人を直接的に殺傷しているものでもないので、心の傷み方は核兵器よりいいのでは？　と考える。

このような旨の意見が、賛成意見の中心にあった。

菅原総理はこの対消滅装置に期待をかけていた。

この装置が実験的にも明らかになってきたら、核兵器以上の戦争抑止力になる。

しかも、この装置は砲弾を撃ち合うこともなく、闘うのではなく戦争をやめようと呼びかけ、それに応じれば発射する元素をそのままにすれば良く、逆に応じず攻撃をしてくると、それに見合った元素が発射され、その地の一部が斥力阻害となり、元素と斥力を失った地が接触することで、大きなエネルギーを作り出し爆弾のように働くことになる。

ここでの元素は地の方が（－）《マイナス》だったら（＋）《プラス》の働きを持ったものである。しかも元素はわずか100g程度のものになる。100gほどの元素でも、そのエネルギーは消滅エネルギーになる時は、東京ドーム20杯分の水を沸騰させるほどのものとなる。

このように、斥力を阻害する素粒子の量を調節することで、その威力を調節できるのもいい。

菅原総理は合気道の基本的な考え方と矛盾しないと考えていた。

植芝盛平先生から、最後の内弟子となった広澤正信師範の教えは、絶対不敗で、人と争わないことである。人と争わないといっても、相手がやって来る時がある。その時も基本的に争わないが、相手の意識を変える為の交渉、あるいは説得を通して相手に矛を収めて貰う。しかし、それも聞く耳もたぬ時は倒して動かなくさせる。装置を相手の火器、あるいは原子爆弾などに照準を合わせ、それを一瞬のうちに自爆させ、エネルギー化させる。

このような事ができるのが対消滅装置であり、これは合気道の究極の技である。

「吸う息で結び、呼《は》く息で導く」を使って、相手を闘えない人にさせることに匹敵すると考えていた。

菅原総理は個人の争いと、戦争の違いをどのように認識すればいいか、以前から迷っていた。

合気道を行うことは1対1かあるいは1対10くらいの形で相手の攻撃に対し、それを無力化し闘いをやめさせる事は可能である。現実に合気道の創始者植芝盛平翁も、また自分の師匠筋なる廣澤正信師範も、その合気道の技を身につけていた。

ただ戦争という大きな闘いとなると果たしてどうなるか。今、現実には、菅原総理には合気道の技がそのまま有効とはならないと感じていた。

それはこの20年前くらいから起きている事柄が影響していた。その大きなものが、先述のロシアによるウクライナへの武力侵攻だ。それを機に世界は武力侵攻のハードルが低くなったと言われた。中国はじめ、軍事大国が他国を侵攻するのは自然の成《な》り行《ゆ》きと言わんばかりの行動が目立つようになり、多くの国がロシアや中国、北朝鮮と同じように独裁的色彩の強い国家として自立していた。

アジアでは、フィリピンが独裁国家の仲間入りをし、東南アジアも、中国とロシアの影響が強く、ほとんどの国が、軍事立国化していた。

これらの現象は、世界的にも広がっていた。

それは大国同士の思惑で、安全保障の為の同盟が次々に作られていった結果である。

それまでは、小さい国々は、他国はちゃんとした理由もないのに侵入してくることはない、と信じていた。だから同盟に参加する必要性を感じていなかった。

大国は相手を経済的にも軍事的にも孤立させる狙いで同盟を勧めて、己の陣営の拡大、強大化を図っていた。

だから、フィジーやツバル、サモアなどのミクロネシアの島々にも安全保障の同盟を求めて大国が競合している。

世界のほとんどが、どの陣営かという色分けが進んでいると見ていい。

しかし、多くの国々の本音は対立を好まずお互いに友好関係を結び、お互いが相手を信頼して付き合うと考えていた。ただ世界情勢が、それを許さなくなっていることも、理解していた。

世界は性善説を許さず、悪い人間がいることが前提にあり、己の敵は誰かを明らかにして敵の攻撃を防御し、敵に負けないことが大切なことになっている。

現実の政治の舞台では性悪説で立ち向かわない限り負けてしまう。

日本国民の多くは元々は性善説が好きで平和を好む人種であったが、現在はいろいろな要素によって性悪説をとる人が多くなっていた。しかし性悪説に従い、闘っても凌辱を免れる訳ではない。

菅原総理の提案する対消滅装置が国防会議で承認され、国会の議論を通じても承認された。そしてこの一点で国民投票を行なうことになった。

（22）

広瀬博士のグループからの報告が菅原総理に伝わった。菅原総理は曽我秘書を通じ友人を集めて貰った。名目は懇親会となっていた。当然菅原総理の個人的な繋がりのある人たちで、良き相談相手でもあった。したがって、集まる場所は友人が経営する小さいスナックであった。それは昔の喧嘩仲間だった諏訪の経営する店だった。

菅原総理は己の決断力が鈍った時は、まず曽我老人に意見を聞き、その曽我老人は問題によっては昔の仲間を呼ぶことを勧めた。

それは日本国を背負っているという緊張感と意気込みにより、素の自分の良さを忘れかけてしまうからだという。

菅原総理は昔の仲間と会うだけで、自分の気持ちが整理されていくのが解った。

曽我老人と元外務官僚の老人の他は鳶職時代の仲間であった。

諏訪の運んできた酒をそれぞれが手に取って、再会を祝しての乾盃を終えたところで、菅原総理は急に笑顔になり、

「自分は今ちょっとした悩みを抱えている。それは自分の立場で真剣に嘘をつくのがいいのか、悪いのか………」

「悪い!!　菅《すが》さんは嘘をつかない人だ。真実を最大の武器とすべき」

と鳶職時代の仲間の五郎が笑顔を満開にして、直ちに言った。それに対し同じ鳶の仲間太一が答えた。

「俺もそう思うが、菅《すが》さんが悩んでいると言うことは、それだけ難しい事柄なんだろう。五郎さんのように単純に決めてはならねえと思う。そうでしょう先生!」

話を振られた先生とは外務官僚出身の青山である。青山も曽我老人ほどではないが、90歳を超えて、

ますます元気に活躍している老人である。そして曽我老人が最も信頼する元外務官僚である。

「わしは、外務省時代から部下に対しても嘘はつくな‼　と言い、自分もその通りやってきたつもりだ。外交そのものが虚実入り交じっての交渉だ。世界は嘘を土台に成立していると思っている。総理の悩みがどこにあるか知らんが、菅原総理の嘘は真《まこと》の実現の為のものと決まっているはず……」

と言った後、グラスのスコッチを一気に呑み干した。

諏訪の店でゆっくりと、心から信頼できる者と酒を呑めるだけで、十分だと思っていた。が自分の悩みを口に出してしまった。

菅原総理は若い頃から嘘をつかないことを身上としていたが、政治の世界に入ってからは、そのことが本当に大変であると感じていた。


広瀬博士のグループが進める対消滅装置の完成が報告され、その後も機能実験が繰り返し行なわれていた。そんな中で、毎月5日から8日頃になると対消滅装置の機能の変化が表われるという報告が届いていた。

それは同じ元素の（＋）《プラス》の性質を持つ集団を（－）《マイナス》に変えることで、部分的な斥力の停止が起こり反発解除が対消滅を起こすことになる。しかし、それが月の変化や年の変化によって機能が強くなったり、弱くなったり、あるいは全く機能しなくなったりすることが解り、この装置が果たしてきちんと働いてくれるかどうか、疑問が残る。というのが広瀬博士たちの報告であった。だから完成品ではない。

しかし、月や年が変わったことで何故機能が変化するのかは、十分解らないままだった。それでも国際情勢は、今のタイミングでの発表が一番と考えられた。だから、完成品ではないが、十分可能性のあるものとして、発表したかった。

それは日本が国際的にも国力が落ち、西側諸国との安保同盟が基軸にして来た結果、中国、ロシアをはじめ西側諸国に反対する勢力の伸長にともなって、日本の地位は下がり、同盟国内においても、国際的にもどんどん下がっていたからだ。

しかし、このまま発表すれば嘘の発表をしたことになる。政治は現実の問題を処理しなければならない。その時、知らず知らず嘘が生じる。

菅原総理は相手の武力に対し武力で闘うことは、本来合気道の教えからも避けたかった。しかし、対消滅装置は、武力とは言えないものという感じを強くもっていた。だからどうしても対消滅装置完成を発表したかった。

中でも、この装置が原子爆弾に対しても制御能力がある点が良かった。しかも原子爆弾を作るより、安価であることも気に入っていた。

対消滅装置は最も合気道的な武器と思えていた。

「菅《すが》さん!!　正直こそ神に通じる道と教えてくれたのはあんただ。俺は単純な男だが、正直も単純だぜ。動物たちは正直だ。植物たちも。そして自然は正直」

五郎がすこし酔いが回ったような口ぶりで突然言った。その言葉に菅原は脳裏にひやりと冷たいものを感じた。

「五郎さん‼　何訳解らねえこと言ってんだよ‼　正直さが通らねえから苦労してんだよ、菅さんは‼」

　と太一が言った。

「政治を真正直の力でやっていけたら、こんなすごいことはない。それには若い人の力が必要だ。若ければ若いほど、その発言は力になる。若く純粋度が高い発言が政治の嘘を取り去ってくれる」

　曽我老人が独り言のように言った。

　それぞれ程よく酔っていて、言いっ放しで誰も聞いていないのに、皆勝手に喋っている。だが誰も聞いていないようだが、皆が耳を欹てているようでもあった。

　このプライベートの集まりは曽我老人が提案し、菅原総理との間で出来上がったものであった。その時々でメンバーはすこしずつ変化するが、菅原総理が呼びたい人をその都度選んでいる。集まる場所も、諏訪の店か、曽我老人の行きつけの店に決まっていた。

　曽我老人は菅原総理を生み出した重要な人物であったが、そのことを自《みず》ら口にしたことはない。たいていの場合、議員の秘書を務めていることが多く、菅原総理の時も同じように総理秘書を務めていた。

　昔は周りの議員から何度も立候補を勧められた。しかし、

「自分はその器《うつわ》ではない」

と断っていた。

それだけではなく、政権政党の議員秘書の時から、政党には属さない人であった。どこの政党からも勧誘されたが、断るのが常であった。政党に入ってない人が秘書では困るだろうと言う声が常にあった。

曽我老人は、政党に入ってない人を秘書にしないという政党に対し、「ごもっとも」と言い秘書を断るか、すでにやってる場合、退職していた。と言うより、曽我老人を秘書にした議員や、その政党は著しく強い政党になり、その議員も地位が上がるので、いつの頃からか、曽我老人については、例外が設けられた。

様々な経過の中で曽我老人と菅原総理は結び付きを強めていった。

菅原総理は曽我老人を、

「おやっさん!!」

と親しみを込めて呼んだ。

総理が曽我老人をそう呼ぶことで、他の鳶仲間の五郎も太一も、また他の連中も同じように呼ぶことが多かった。もちろん内々の集まりに限られてはいたが。

「おやっさん!!」

カウンター内にいた諏訪が曽我老人に呼びかけ、老人に酒を勧めた。老人はそれに素直に答えるように己のグラスを諏訪の前に置いた。

酒を注ぎながら、

「おやっさん、菅《すが》はすこし疲れてねえか。テンションが違う。五郎さんの声がちゃんと聞こえねえかもしれん。お願いします」

と低い声で言った。

「私《わし》がどうこうできる男じゃない。だからこの場がいいんだ。皆《みんな》の知恵がいい結果をもたらす。今日の集まりで疲れもすこし取れる」

曽我老人と菅原の間には、政治的な繋がり以上のものがあった。曽我老人は菅原を息子か孫のように感じていた。そして菅原は老人を義父のような存在として見ていたのかもしれない。

菅原は何か心の迷いがある時は必ず、最後に曽我老人の意見を聞いている。

でも今回は自分の選択に自信があり、満足していた。特に対消滅装置は、その説明を聞くたびに己の胸にどすん!!　と響いた。

ここに来て、この装置の難点が明らかになってきた。がここでは発表したくなかった。

そもそも物理的な人工物が自然界の営みに影響を受けるなど、考えにくい。この話題を出すことで、根本的なこの装置の価値を貶めてしまう。

ただ今まですべてを正直に何もかも隠さずにやってきたが、その自負に対しすこし痛みを覚えていた。

今日の集まりはその払拭の為のものと考えていた。

「おやっさん‼」

菅原は曽我老人の隣の席に座りながら、老人に頭を下げた。それは今日の集まりを準備してくれたお礼の意味もあったが、それだけではない。わだかまりを吐き出すように聞いた。

「おやっさん‼　俺はらしくねえ形で事を進めてるかなぁ……」

老人は隣に座った菅原の健康そうな赤い顔をまじまじと見つめ、微笑んだ。

「君の思うようにやればいい。今までがそうだったし、これからもそうだ。国民投票をやろうとしているんだ、最後は天の声が聞こえてくる」

曽我老人はこれまでも、相談して具体的にこうしろ、ああしろという話はしない。たいていの場合『君の思うようにやれ』と言う。その後、菅原は自分の思うようにやろうと考えるが、実際はそうはなっていない。思うようにやろうと思いながらも他の人の意見を多く取り入れている。

菅原は今回も、老人の〝国民投票をやる〟という言葉で、自分を納得させられた。

今すこし後ろめたい感じも、国民投票の時にすべて隠さず明らかに報告することで、なくなると思えた。

菅原は諏訪に酒を注《つ》ぎ、己も思い切り咽に酒を注《そそ》ぎこんだ。そして諏訪の目を捉えて放さない。諏訪は菅原の目で訴えていることに首肯《うなずい》た。

（23）

国民投票の日が、８月10日と決定された。

マスコミ報道は決定された８月10日という日が、終戦の日の前であり、広島、長崎に原爆が落とされた日（６日、９日）ということを意味付けしようとしていた。

また、対消滅装置と対消滅弾との違いを比較しながら、装置の特徴を広瀬グループの独自の宇宙構造を提示し、解説しながら、対消滅装置の仕組みを詳細に報道していた。

中でも対消滅装置の製造に積極的な菅原総理が、製造の指示を出していたということを大々的に報道して、その反対論者の談話を多く載せている報道もあった。

特に山梨の僧の談話はすこし違った視点での反対であった。

「我々人類がこの地球上で他の動植物を支配し豊かな生活を始めたのは、せいぜい10万年前頃である。その頃はまだ動物にやられる者もいただろう。でも基本的には人類は知恵を働かせ他の動植物を思うように支配できた。そしてその支配能力が飛躍的に伸びたのが、産業革命以後であろう。

その産業革命以後だけでも人類の欲や都合でどれだけの動植物が殺されたり、絶滅させられたか。

さらには科学力を手にして、人間社会の中で勝者になった者が、敗者の人生や生命を踏み躙り、奪ってきたか。動植物や敗者の怨念はどれほどのものか。すべての闘いの裏にはこの『怨念』が作用している。闘いを肯定するということは、この怨念を増大させることでもある。だから人が人を殺す戦争は最大の罪ともなる。戦争をするより凌辱を受けて忍ぶことである。人類の歴史は地球史的に見ればあまり誉められたものではない」

と言うものである。

その中で山梨の僧の弟子と言われる僧が、

「菅原総理には裏切られた」

と言い、悲痛な顔をさらにゆがめ、写真に写っていた。

平和団体所属の僧侶であり、今や有名人の佐藤道士のコメントも載っており、注目されていた。それまでも何度もマスコミを騒がせた僧侶で、その美しい顔立ちは女性以上に美しいと評判の人物であった。

「私は総理の言う絶対不敗、人と争わないという考えに賛同して総理を支持してきました。しかし、対消滅装置を製造するということは、人と対立することを前提としています。相手が反撃が恐ろしく手が出せない状態を作り出すことです。インドのガンジーは非暴力で強大な武器を持つ権力と闘って勝利したのです。菅原総理は日本のガンジーになられる方と期待しておりました。残念です。せめて、菅原総理には同じ場所で直《じか》に意見を交わして貰いたい」

この佐藤道士のコメントを、報道各社が道士の顔写真付きで掲載した。

中でも、日の出が始まった美しい空を見上げるように、祈りを捧げる道士の写真付きの新聞報道が多くの人々の心を打った。

そのコメントは拡散され、一人歩きするように様々な扱い方をされた。

そして、その人気は日を追って上昇していた。

政府からの公報では、対消滅装置の構造、仕組み、及びその作用を解りやすく報じていた。ここでは、すべてを正直に報せることという指示を出した。中でも宇宙の中にある斥力という存在が詳しく、しかも解りやすく報じられていた。

8月10日の国民投票日に向けて、対消滅装置については国際的な関心が高まっていた。世界の100カ国近い国々から問い合わせがあり、政府はその対応を自治体に協力を求めながら応じる結果となった。

国際的な反応においては欧米先進国とインド、ロシア、中国、オーストラリアなどの全面的な否定派と、台湾、ベトナム、インドネシアをはじめとする東南アジア、アフリカ、中東、南米諸国は、製造が安上がりで、高い技術力もそれほど必要ないという説明に引かれ、実際に作り出そうとする肯定派の国々に分かれていた。

否定派はまず斥力のところで、新しい理論ではなく限りなくインチキに近いと、受け付けられないという姿勢であった。それは中国も米国も同じように考えていたが、アメリカはそういう態度を示しながらも、広瀬グループに接近していろいろな情報を集めていた。それは、ドイツもフランスもイギリスも皆同じように水面下で情報収集を進めていた。

これらの国々が、表から情報収集に来た時は、内閣官房長官のほかに曽我老人が同席することがよくあった。それは日本側の事情もあるが、多くが外国の事情通からの要望であった。

ミスター曽我に頼めば安心という評判が立っていたからである。

曽我老人は相手国の人物の様々な好みや性格を調べ上げており、相手側の役割を理解し、その役割の最低ラインのところは必ず与えてくれる人物という評判を得ていた。

今回、日本政府は国際的にしっかりした理解を得られることを望んではいなかった。研究グループ側も多少は違うものの、国際的にはすこし疑問符が打たれるくらいがちょうどいい、と考えていた。だから政治家としての曽我老人は、この装置が使えるかどうか確信がない、という態度であった。

その結果、同盟関係の深さもあり、米国には広瀬グループの研究過程の資料も含め厖大な量の情報を提供することになった。ロシアや中国にはプランは完成したが、製造開始もまだ未定であることを、秘かに伝えることになった。

これらのことを通じ国際的な圧力が少なくなり、国民投票の準備が整えられていった。

それでもロシアや中国らは、

「日本のような小国が、対消滅弾を製造する能力はない。ハッタリであり、脅しの材料にしようとしているにすぎない」

という論調で、全体には批判しつつ、歯牙にもかけない態度であった。

これとは逆にベトナムやインドネシアなどの東南アジアの諸国は、

「日本の試みに賛同し、成功を期待している」

と肯定的に受け取り、同じような路線を歩もうとしているとコメントした。日本の立場を支持する国は東南アジア諸国だけでなく、アフリカ、中南米にも出現していた。

菅原内閣としては国際関係の問題については、大国による圧力を避けることと、この武器の持つ意味を世界に理解して貰うことだったので、難しい局面を乗り越えられた、と胸を撫で下ろした。

8月10日の投票日に向け、主要な団体が対消滅装置製造賛成派と反対派に割れ、同数の街宣車を出して訴えていた。

菅原総理は8月5日の日、佐藤道士を菅原総理の街宣車に招いて、二人で互いの意見をぶつけ合う討論という形をとった。

佐藤道士もこの提案に喜んで応えた。

このことにマスコミ各社、様々なメディアも浮き足立つありさま。祭りが始まるような活気になっていた。

8月5日の直接討論の日が近づくにつれ、マスコミ報道も論点を絞って伝えていた。

対消滅装置の製造反対派の人々は、

「人と人は解り合うことを出発にして、争うことをやめること。それには非暴力を前提にすること。それ以外に真の平和はない。インドのガンジー、アメリカのキング牧師の闘いはその典型的な例である。対消滅装置のような武器は絶対反対」

というものである。これに対し、

「歴史を振り返ると、いつの時代にも平気で他国に侵略する国現われる。かつてのナチスドイツがそうだったように。人や国によっては日本もイタリアも同じだという。さらにもっと遡ればアレキサンダー大王の遠征も相手から言わせれば侵略以外の何ものでもない。令和の時代もロシアをはじめ、侵略する国が現われた。


これらの現実に対し、侵略された側がどういう態度で立ち向かうかが問題にされている。

今の時代、前線にはロボットの戦士が占め、戦争の様相も変わってきている。しかし、我々の基本的構えは非暴力である。ただ、非暴力を前提にできない国民もいる。国民に一方的に非暴力の信念を押しつけることはできない。これは生き方にも係わってくることだ。対消滅装置は我々のところでは、武器として存在していない。話し合いをする為の道具としてみる。それは相容れぬ物事を一つにまとめる道具として見るのである。


これを詭弁と言う人もいるが、あえて言えば、武器にせず、道具となるようにしたい」

と言うのが賛成派の基本的考えであり、すこし解りにくいとの評価を受けていた。

非暴力と言いながら、原爆以上の武器を持とうと言うのは矛盾していると言うものだった。

ただ8月10日に向けた10日前の世論調査では菅原内閣の支持率は80％を超えていた。そして対消滅装置の製造に対し、賛成が40％、仕方なく賛成するが30％、そして、反対は30％となっていた。

そしていよいよ8月5日を迎えた。

早朝から蒸し暑く、空は晴れ間が見えない。どんよりと蒸し暑く重い大気は、広がっていくにつれ周りを薄いビニールが蔽《おお》うように圧力を感じさせ、淀んでいた。

風が吹く気配もなく、街頭討論が行なわれる新宿駅前には多くの作業服姿の作業員や制服姿の警備を行なう民間の会社の人々が集まっていた。


やがて討論が始まる時間。午前10時が近づいてきた。

午前中の討論会に集まる聴衆がどれほどいるのか？　との疑問を投げかけたマスメディアもあったが、それは全くの杞憂であった。新宿駅前には立錐の余地もないほど、聴衆が集まった。

聴衆は全国から集まって来たようだ。もちろん政治団体や政党の呼びかけに応じて集まって来た聴衆もいるが、個人参加の人々が圧倒的に多かった。

それは現政権の態度、菅原総理や曽我老人たちが日頃から、

「党の意見があって個人の意見があるのではなく、個人の意見があって、その意見を集約して政策にしていく。党が先にあっては和論を推進する力が弱くなる」

と答弁している言葉が影響していた。

10時に始まる討論会の2時間も前から人々が集まり出し、あちらこちらで人の輪ができて議論が繰り広げられていた。

それらの輪の中で議論されていたのは、一つは対消滅装置が兵器であるか否か。一つは非暴力で侵略者を止められるか否か。一つは汝の敵を愛せるか否か。一つは性善説か性悪説か。

これらのテーマは政府側が前もって用意して議論を続けてきたものである。それがＳＮＳや動画サイトを通じ拡散され、町のあちこちで議論され出していたものだ。

聴衆の間でこうした議論が始まった切っ掛けとなったのが、対消滅弾製造反対を標榜する団体の幹部の一人が出した質問状だった。それは次のような要旨のものだった。

一、政府は和論を推進している。それは意見の統一を作ることで対立を作らないこと。

一、非暴力を否定していない。

一、性善説的言動が多い。

一、それはどれも、戦争をしないことを前提としている。

一、それなのに対消滅装置を作り、対立を生み出そうとしている。これは矛盾であり、すべての事柄が無に帰すことになる。

一、非暴力的抵抗と、戦争状態になった時の違いは、悲惨さである。今までの歴史を振り返ると、戦争状態になった時に悲惨さが増す。

一、もう一つ重要なことは、民主主義と独裁政治の問題である。

一、民主主義は多数決をやめること。多数決は対立を生み、テロを生む。

一、少数意見の尊重と言うが、そこに力を与えていない。少数意見は、和論を実行することで、意見の統一を図れる。

一、独裁政治は強大な権力を生み、力の対立を作り出す。弱い力は、強い力に吸収され強い力がますます強くなり、ある強大な力による政治が暴走することになる。

一、民主主義の対立軸は独裁である。民主主義は話し合いを通じより完成しやすい。独裁は話し合いを否定することで完成される。

一、民主主義の多数決で事を決めるのは、対立を生みやすい。数の力で少数派を抑えることで、少数派を抹殺する時もあり。少数派は最後の手段のようにテロに走る。意見の統一を図る和論が機能することで、少数意見が生かされる。政府は対消滅装置を製造するか、しないかの問題を、あくまで和論を通じて決して行くのかどうか？

これらの質問が主要テレビ局、大手新聞社から詳しく報道される中、菅原総理と佐藤道士の論点の違いが明らかになってきた。

両者とも和論によって意見の統一を図ろうとしている。そして戦争を回避しようとするのも同じ。非暴力の抵抗を認めているのも一緒である。

両者の最大の違いは対消滅装置の製造を認めるか否かの違いであった。

菅原総理は現実政治の中で起きる、自衛権の侵害を許さじの観点から、最小限の防衛権は人間及び国家の基本権利として認めている。その点から対消滅装置は、暴力による凌辱を絶対に受け入れられない人々、あるいは最大公約数的国民の意見意志が作り出した防衛装置であると考えていた。だから国民投票が必要だと。

それに対し佐藤道士は、

「暴力による凌辱は受け入れ難いものである。だが、その行為を裁くのは人間である我々ではない。人間が作り出している様々な武器は、結局人による人への裁きの道具。その良し悪しに知恵が働いているとしても、道具はあくまで道具。対消滅装置がどんなにすぐれたものであろうと、これを持って人と接触し交渉しても、真《まこと》の心の通《つう》じ合いは実現せず、平和を築くことなどとても無理である。キリスト様が言うように〝汝の敵を愛せ〟なければ平和は達成できない」

新宿駅前を埋めつくした群衆が「オーッ」と低い唸りに似た音を発し、揺れた。

街宣車の上に菅原総理が現われた。その後に曽我老人が姿を見せた。群衆の波が戻されるようにゆっくりと揺れた。

ビルに囲まれている駅前は、重く垂れ下がった雲が、四辺《あたり》を蔽《おお》ったかのように感じられた。

蒸し暑さが逃げ場を失い、足元に這うよう生温かく移動しているようだった。

駅前の重い灰色雲の奥で黄色の光が、何度も輝いた。そして雲が黄色に染め上げられていくように黄色の雲は、色を増しながら広がって行く。

時折り雲間に筋のような赤い光が雲の奥から暗黒の色とともに湧き出してくる。

街宣車の上に佐藤道士が上《のぼ》った。群衆の女性の発する声から、お経のような声まで、様々な声が一つになったように、地底から湧き起こったように響いた。

そして菅原総理と並ぶように立ち、2人は互いの手を握り合って、目を合わせた。

その瞬間、あちこちで拍手が鳴り出した。やがてそれは一瞬にして全体に広がり、様々な女性の「2人が協力してください」などの奇声に似た声と男性の発する「いいぞ‼」とか「頑張れ！」の力強い声とともに長く続いた。

そして討論会の始まる8月5日、午前10時になった。街宣車に乗る人々が緊張感を高めていた。

事務局員の手にあるマイクが、曽我老人に手渡されようとしたその時、駅前上空のどこからだろうか、ドーンという大きな音が響いた。次の瞬間、街宣車が上下に波打った。

地震だ！　後で解ったことだが、マグニチュード7・2の直下型地震であった。山手線内の震度は6から7というところだった。

「キャーッ」

と言う女性の叫びが、一際《ひときわ》大きく響いた。

街宣車に立っていたSP男女4人は車の屋根の縁に作られていた防御柵に摑って揺れに耐えている状態だったが、菅原総理と佐藤道士、そして曽我老人の姿が見えなかった。

３人は群衆が見守る中、地震の突然の揺れにより、街宣車から投げ飛ばされて下に落ちていた。落ちる瞬間の経緯は解らなかったが、菅原総理は軽傷で済んだ。しかし、曽我老人は腕、肩、肋骨の骨折と首の関節を傷め、重傷であった。そして佐藤道士は下に置いてあった機材に頭を強く打ち、即死であった。

駅前の広場から道路を埋めつくしていた群衆の波は、所々に慌ただしい動きがみられたが、全体には落ち着いた動きで、

「慌てるな!!　ゆっくり進め!!」
「順番を守れ!!」

などと声が飛び、秩序が保たれていた。
ただ、この日の討論会は中止となった。

連日の地震の報道と国民投票が結び付き、一つは国民の意見は投票中止を訴えるものと、一つは国民の意思を確かめるべきという二つの意見に分かれた。

幸いなことに、地震の被害は死者５名、家屋の被害20軒程度と、マグニチュードの大きさからみると低い方だった。

菅原総理は記者会見の中で、佐藤道士との討論を通じて和論の道へ進み、意見の統一を図りたかったという趣旨のコメントを出していた。

ただ総理が和論で意見を統一したいと願っても、この問題は全く菅原総理が装置は武器ではないと力説しても武器を手にするかしないかという、あまりにも明らかな違いのある問題で、中間はないとの見解を述べる学者や政治家、評論家が大部分であった。

総理はできれば全会一致で、この問題を進めていきたかったことを、記者会見の席上で何度も述べていた。

しかし、最新の世論調査では、菅原内閣の支持率は80％を超えていた。そして、対消滅装置製造に賛成の人は70％を超えていた。

それは世界の国々が核使用に踏み切るハードルが低くなっていることも関係していた。

特に通常兵器並みの核が横行していたうえ、それを使用した国もあった。

これらのことに加え、友好国であったはずの国々が平気で裏切る行為もあった。

そういう世界の状況に腹立たしく思う人々や、さらに好戦的な言動を振りまく人々も多くなっていた。

新聞やテレビなどのマスコミ各社も、「国民投票の必要性があるのか？」という疑問を呈しており、やらなくてもいいのではという論調のマスコミも現われていた。中でも山梨の僧のコメントはまた変わっていた。

「菅原総理は動物や植物が怒っていて、神仏は泣いていることを知って欲しい」

菅原内閣は予定通り投票を実施することを告げていた。そしてその準備も粛々と行なわれていた。

8月6日、8月9日の広島、長崎の原爆の日には総理も出かけて行き、演説をした。

菅原内閣は、核兵器の全面禁止に積極的であり、その活動に深い理解を示していた。


そして8月10日、投票日となった。国民の多くが投票所に足を運んだ。もちろん期日前投票も行なわれていた。

ただ政府の呼びかけもあったが、8月10日までじっくり考えてから決めようと、8月10日の投票日に投票した人が多かった。

そしてこの日、数多くの喪服姿の女性が投票所に足を運んでいた。それは佐藤道士への哀悼の意を表しているものだった。

曽我老人が入院している病院にも投票箱が設置され、重症患者を含むすべての人々に、投票の機会が与えられた。

付き添いの人を含め患者さんや女性看護師さんたちの話題はもっぱら佐藤道士の生前の活躍を賞賛するものだった。

曽我老人は期日前投票を行なっていた。

老人は昔、山に行った時の山の大きさに感動し、海に行った時は寄せくる波と、海の広さに感動してきた。

そして山には大木があり、岩石があり、洞穴があり、清水があり、小川となって流れて行く。やがて小川は大河となって人の住む村や街を流れて行く。

山は四季を通じて様々な顔を見せる。

冬は雪山となり、春は木々が芽を吹き、夏は緑濃く盛んなる様、秋は葉が色づき、夕日に映える。

街にいてもこれらの変化を川の流れで知ることもある。

川の流れは、自然の営み。流れを見ていると、人の一生を見ているような気分にさせてくれる。

もし本当に天の川の姿を見ることができたら、人類の一生も見ることができるのでは……。

そんな気持ちで東京の夜空で天の川を見たいと願っていた。もちろん、天の川が星々の集まりであることを知りながら。


曽我老人は昨日より痛みが少ないと思いながら、目覚めた。

この頃は夕方になると激しい雨が降る日が続いていた。

夕べはそれまでにない突然の激しい雨が降り続いたとのこと。そうであったからだろうか、今朝は緑の木々が皆元気に葉を広げているようだった。

「あら、お目覚め！」

ヘルパーさんが洗い立てのタオルを両手に抱えながら、枕元の戸棚にタオルを仕舞いにきた。

「おじいさん‼　昨日は早くに寝てしまって、投票の結果知らんでしょう。反対票の方が多かったんよ。同情したんかね。若い坊さんに。あたしも若い坊さんの為に反対の票を入れてやったんよ！」

「対消滅装置を作ることに反対の票が賛成票を上回ったのかい。世論調査では圧倒的に賛成の人が多かったはずだが……。どういうことだ。やはり天の川を見ておくべきだった。でも、この流れは本当の流れなのか？　真実《しんじつ》の流れなのか。――それでもいいか？　この流れが天の川の流れであって欲しい。きっといい結果がやってくる」

老人はヘルパーさんに向かって話していたが、いつの間にか、独り言のように呟いていた。

「総理はどう受け止めているのだろう。日本はこの道を歩むことになるのか。神の道か。人間はこの星を美しいまま、次の者に渡す責任がある」


昼過ぎになった頃、風が吹き出した。それほど強い風ではないが、夕方まで力強く吹き続けていた。夕暮れ時、雲一つない澄み渡った空が広がっていた。

なんだか久しぶりに見る景色のようだった。

暮れて行く空に、鳥の群れが整然と夕日に向かって飛んでいるように見えた。

夕焼けの輝きが雲に映らない。全天に雲がない。直接空を染めており、圧倒的な自然の佇まいが、己を包んでいるのを感じていた。

窓から見る景色はどんどん移り変わり、動いていた。突然、闇がその場を支配したかのように光が見えなくなった。

「えっ!!」と思いながら目をこらしていると、闇の中からぼんやりと、星の輝きが一つまた一つと浮かび上がってきた。それはまたたく間に天上から南の空いっぱいに帯のように広がって行った。

「おっ。天の川か？　天の川だ!!」

老人の口から発せられた一言に誰も気付かず、夕暮れの中で立ち働く人々の影が忙しく動き回っていた。

完

この作品はフィクションであり、実在の人物および国や団体とは一切関係ありません。

著者プロフィール

阿波 新九郎（あわ しんくろう）

東京鍼灸柔整専門学校卒業。
命道会鍼灸治療院鍼灸師。
ホツマツタヱ研究会会員。

（著書）
『ひぐらし剣士道中記 平らかな道』（2008年、幻冬舎ルネッサンス）
『花の定め』（2017年、幻冬舎）

天の川

2023年6月15日　初版第1刷発行

著　者　阿波 新九郎
発行者　瓜谷 綱延
発行所　株式会社文芸社
〒160-0022　東京都新宿区新宿1－10－1
電話　03-5369-3060（代表）
03-5369-2299（販売）

印刷所　図書印刷株式会社

ISBN978-4-286-24111-1